经·典·新·读

专家音频解读

面对金钱的人性哲思

如何对待金钱、如何建立道德理性、如何唤醒人文关怀、如何促进人性回归

——解读者 宋虎堂

Eugénie Grandet

欧仁妮·葛朗台

[法]巴尔扎克／著　郑克鲁／译

名家全译本
国际大师插图

图书在版编目(CIP)数据

欧仁妮·葛朗台 /(法)巴尔扎克著;郑克鲁译 . —北京：中央编译出版社,2015.2 (2024.4 重印)

ISBN 978-7-5117-2537-0

Ⅰ.①欧… Ⅱ.①巴…②郑… Ⅲ.①长篇小说-法国-近代　Ⅳ.①I565.44

中国版本图书馆 CIP 数据核字(2015)第 027515 号

欧仁妮·葛朗台

策划编辑	苗永姝
责任编辑	苗永姝
特约编辑	陈万亭　郑丽萍　孙敬艳
责任印制	李　颖
出版发行	中央编译出版社
地　　址	北京市海淀区北四环西路 69 号（100080）
电　　话	（010）55627391（总编室）　（010）55625179（编辑室） （010）55627320（发行部）　（010）55627377（新技术部）
经　　销	全国新华书店
印　　刷	北京盛通印刷股份有限公司
开　　本	880毫米×1230毫米　1/32
字　　数	176千字
印　　张	6.75
版　　次	2015 年 2 月第 1 版
印　　次	2024 年 4 月第 4 次印刷
定　　价	24.80 元

新浪微博：@中央编译出版社　　　微　信：中央编译出版社（ID：cctphome）
淘宝店铺：中央编译出版社直销店(http://shop108367160.taobao.com)(010)55627331

本社常年法律顾问：北京市吴栾赵阎律师事务所律师　闫军　梁勤
凡有印装质量问题，本社负责调换，电话：（010）55627320

巴尔扎克

译 序

《欧仁妮·葛朗台》是巴尔扎克的代表作之一,法国评论家指出,这部小说"长期以来是巴尔扎克最著名的作品",巴尔扎克本人也认为,这是他"最完美的绘写之一"。

众所周知,小说塑造了一个吝啬鬼,也许这是古往今来塑造得最成功的吝啬鬼形象。莫里哀笔下的阿巴贡,莎士比亚笔下的夏洛克,都是文学史上著名的吝啬鬼形象,但比起葛朗台,则是小巫见大巫。巴尔扎克笔下还有不少吝啬鬼形象,如《戈布赛克》中的同名主人公、《柯内留斯老板》中的同名主人公、《纽沁根银行》中的同名主人公、《舒安党人》中的奥日芒、《幻灭》中的赛夏、《搅水女人》中的奥松、《农民》中的拉博德雷和里谷等,虽然写得各有千秋,有的还是相当著名的典型,但总的说来都不能和葛朗台媲美。马克思指出,巴尔扎克"曾对贪欲的各种色层,作过彻底的研究"(《资本论》第1卷第645页)。巴尔扎克确实深入观察过守财奴,守财奴可列入他一系列人物典型画廊中最具特色的几组形象之中。守财奴自古有之,似乎这是随着资本主义因素产生之日起就相伴而生的人物类型,尽管时代变化也带来了守财奴特点的变化。

大体说来,这部小说从三个方面去塑造葛朗台的吝啬性格。第一方面是以细节的累积去描写葛朗台的吝啬。葛朗台家的老房子年久失修,墙垣残破;楼梯踩上去吱嘎作响,踏板和扶手被虫蛀坏了,女仆去拿酒,差点绊了一跤,而葛朗台舍不得叫人修理,自己拿起工具和一盏蜡烛亲自动手修理踏板;每顿饭的面包,要用的面粉、黄油,每天要点的蜡烛,他都亲自分发;偌大的厅堂只点一支蜡烛,欧仁妮生日那天,说是要"大放光明",蜡烛也只多点了一支,他去修楼梯时,还把蜡烛拿走,让家人待在黑暗中;家中来了亲戚,不让加菜,竟让佃户打几只乌鸦来熬汤;欧仁妮想让他的侄儿沙尔早餐吃得稍为好一点,多弄了几小块糖,多弄了一只鸡蛋,他就说是在设宴;多点了一根白蜡烛而不是黄蜡烛,给沙尔的床用暖炉烫一下,他就大惊小怪,说是浪费和多余;他不想给妻子零花钱,让买葡萄酒的外国人掏出额外的钱给她,随后一有机会便要妻子代他付钱,直到把这几个金路易都刮光为止;妻子卧床不起,他首先想到的是请医生要花钱;他连签署文书备案的钱也不肯出,并赖掉每月给女儿一百法郎的诺言,用沙尔的金饰来顶替……巴尔扎克将葛朗台的吝啬性格刻画得细致入微。

  第二方面是葛朗台对黄金的嗜癖。吝啬是同贪得无厌地追逐金钱联系在一起的。在葛朗台的心目中,金钱高于一切,没有钱,什么都谈不上。半夜里,他关在密室中瞧着堆起来的黄金,连眼睛都变得黄澄澄的,像带上金子的光泽;沙尔得知父亲去世后痛哭不已,他觉得这孩子不哭自己已破产,把死人看得比钱还重,真没出息;他以为别人一见钱就高兴,即使生病也会立即痊愈,因此,他的妻子被他吓得病倒以后,他便拿了一把金路易撒在她床上;他发现女儿把金币送给了沙尔,不禁大发雷霆,演出了一场"没有毒药、没有匕首、没有流血的市民悲剧",他把女儿囚禁起来,只让她吃面包、喝水;发现了沙尔的金梳妆盒后,他像头猛虎扑过去,要用刀把盒子上的金子撬下来;他害怕妻子死后女儿要分掉一部分财产,赶紧跟女儿讲和;他患风瘫之后,坐在轮椅上,整天让人在卧室与密室之间推来推去,生怕有人来偷盗;还让女儿将金币铺在桌上,长时间盯着,心里感到暖和;他要女儿料理好一切,到阴间去向他报账;看到教士递给他的金十字架,他一把抓在手里,终于一命呜呼。资产者嗜钱如命的本质真是被揭露得淋漓尽致。恩格斯在《英国工人阶级的状况》中指出:"在资产阶级看来,世界上没有一样东西不是为了金钱而存在的,连他们本身也不例外。因为他们活着就是为了赚钱,除了快快发财,他们不知道还有别的幸福,除了金钱的损失,也不知道有别的痛苦。"葛朗台就是这样一个资产者典型。

  第三方面是葛朗台的精明和时代特征。他的一切行动都表现了精明,小至对娜侬的盘剥:他发现这个身材高大的姑娘是一个廉价的劳动力,就把她留了下来。她确实为他死心塌地干了几十年的活计,整个索缪城都找不到这样一个忠心耿耿的女仆,而他对她的同情只是嘴上说说而已,至多给她喝杯果子酒,送给她一只旧怀表和几双破鞋;他靠大革命时期的社会变动起家,通过贿赂低价买到当地最好的葡萄园、一座修道院和几块分租田,还利用当市长的机会,修了几条公路,直达他的产业;复辟王朝时期,他照样如鱼得水,利用当地葡萄酒业主压着酒不卖,暗地里与外国商人洽谈,以高价售出自己的葡萄酒,背信弃义,坑害了所有的同行;索缪人都受到他的伤害,他像老虎和巨蟒一样,长时间窥视着猎获物,然后扑上去吞吃掉,再躺下慢慢消化;他计算精确,知道什么时候该卖酒,什么时候该卖酒桶,什么时候该种白杨,什么时候该种牧草;葛朗台骗人的手段之一是在关键时刻结巴,让人替他说出他想说的话,办他想办的事,德·格拉散就这样做了冤大头,为他到巴黎去办理他弟弟破产还债的事宜;葛朗台熟悉欠债和还债这一套,摸透了债权人的心理,自己一个子儿也不出,着实要弄了这些债权人;他看不起巴黎人,认为他们不是他的对手;葛朗台尤其精于金融投机,尽管他酷爱金子,但他懂得在金价涨到最高点时,不失时机地把自己所有的金币全部抛出去,再兑换成公债,他深知公债利息高,更有利可图。公债投机是刚刚出现的一种金融投机活动,内地人比较闭塞,不知道公债投机可以发财,而葛朗台不但弄明白了,还非常精通此道。葛朗台是个大土地所有者、大房产主，又是金融资产者。他拥有一千九百万法郎，他的日益得势和无往而不胜，反映了复辟王朝时期，土地和金融资产阶级主宰一切的社会现实。

也许是葛朗台这个形象塑造的巨大成功，掩盖了欧仁妮这个本应是主要人物的光辉。如果说，巴尔扎克对葛朗台是持批判态度的话，对欧仁妮却是抱着同情态度的。她对堂弟的爱情始终不渝。当她父亲要毁坏她视如生命的、沙尔寄托在她那里的金梳妆盒时，她抄起一把刀，表示如果父亲动一下盒子，她就以命相抵。她不同于母亲之处，是有一点葛朗台的强硬本性，敢于和父亲对抗，不在乎被囚禁。当她得知沙尔负心时，虽然悲伤，却仍然对他有挥之不去的感情，愿为他清偿所有的债务。沙尔不择手段地发财致富，不讲感情只看重金钱和地位，与欧仁妮形成鲜明对照。她毅然做出决定，同意和德·蓬封先生结婚，但保持童身。她听从了神父的劝告，不进修道院，履行对社会应负的责任，但又明白德·蓬封看中的是她的巨大财产，而无爱情可言。她快刀斩乱麻地解决了这个神父所说的"两难问题"。欧仁妮是这场婚姻喜剧的中心人物，她受到当地两家富户的包围，德·格拉散一家在竞争中败下阵来；葛朗台去世以后，欧仁妮更是成了克吕绍一家志在必得的目标。蓬封一再表示"愿做您的奴隶"、"赴汤蹈火，在所不辞"，显示了他信奉金钱拜物教的丑态；他的早死和他企图独吞财产而定下的遗产归活着一方的结婚条款，既是作者对贪婪者的嘲讽，又留下了这场追逐金钱的闹剧尚未结束的余味。作者感叹她本应成为贤妻良母，她却成了没有丈夫、没有儿女、没有家庭的孤苦伶仃的可怜女人。不过，巴尔扎克虽然忠于现实主义，将欧仁妮限定在服从父亲、接受父亲管理财产的教诲，受到宗教教育的影响并逃脱不了人间利益的算计，既有父亲的遗风、又不同于父亲的一毛不拔的角色之中，但这样一个正面人物形象，显然不如葛朗台这个反面形象具有更深刻的社会意义。

从艺术上看，这部小说具备了巴尔扎克小说的主要优点。一是精细的环境描写。巴尔扎克开创了"典型环境中的典型性格"的现实主义原则。他认为，一个典型环境正如动物化石反映了一部生物史一样，能表现时代的真实面貌。环境是人物活动的舞台，葛朗台的住宅的破败寒酸，跟它的主人的吝啬是相得益彰的。巴尔扎克由外及里，特别是对厅堂的描绘，不仅再现了19世纪20年代法国外省的风貌，而且也留下了远至中世纪法国市民生活和建筑的面貌。典型人物就是在这样的环境中产生的。二是巴尔扎克重视人物的外形描写。作者突出葛朗台的眼睛和鼻子上的皮脂囊肿，认为这能体现他的阴险、狡猾和吝啬；他表面平易近人，骨子里却心如铁石。三是巴尔扎克善于以性格化的语言来表现他的人物。如葛朗台说家里人上下楼梯"就不知道踩在角上结实的地方吗"；娜侬说沙尔不肯吃饭，这样会伤身体，葛朗台回答"节省了也好"；葛朗台太太提出要为死去的弟弟戴孝，他说"你只知道出点子花钱。服孝是在心里，而不是在衣服上"；他对女仆说，乌鸦熬汤是道美味，女仆问他，乌鸦吃死人"可是真的"，他回答："乌鸦就像大家一样，找到什么吃什么。难道我们不是靠死人生活吗？那么，什么叫作遗产呢？"葛朗台把继承遗产和吃死人等同起来，言之凿凿，活生生地表现出吝啬的性格，又显示出了这个资产者的歹毒和凶狠。在塑造这个人物时，虽有夸张笔法，但并不影响人物的真实性。正如作者所说，在法国的每个省都有葛朗台式的人物，只不过其他地方的葛朗台不如索缪的葛朗台那么富有罢了。

小说写得非常紧凑，显示出巴尔扎克的艺术功力。小说先从环境和人物的介绍开始，转入正题后，从欧仁妮的生日叙述起，引入一场争夺女继承人的斗争；沙尔这位不速之客倏然而至，出现了第二条线索；葛朗台面对复杂的局面灵巧地周旋，并展开投机活动是第三条线。这三条线索彼此交叉，一环紧扣一环，笔势酣畅细腻，占去小说三分之二的篇幅。紧接着写家庭纠葛，达到故事高潮。继而沙尔回国，欧仁妮得知他负心，小说急转直下。但她处事果断，而且天从人愿，惩恶扬善，结尾留有余味。小说夹叙夹议，但并无废话。从结构上说，也达到了成熟阶段。

郑克鲁
2010年7月

目　录

献给玛丽亚 …………………………………………… 1
序言（1833—1839） ………………………………… 1
欧仁妮·葛朗台 ……………………………………… 1

献给玛丽亚①

您的肖像是本书最美的点缀，但愿您的芳名在这里有如一枝祝福过的黄杨木，虽然不知从哪一棵树上折下来，但是无疑被宗教变得神圣了，而且虔诚者的手使之重获新生，永远翠绿，以保护家庭。

德·巴尔扎克

---

① 这个玛丽亚，长期以来十分神秘，后据考证，真名是玛丽亚·杜·弗雷斯奈，1833年成为巴尔扎克的情妇。他在1833年10月12日给他妹妹洛尔的信中，提到她给他生了一个女儿："我是父亲了——这是我要告诉你的另一个秘密——而且支配着一个温柔的女人，她是世间最天真无邪的女性，仿佛一朵鲜花从天而降，悄悄地来到我家里，既不要求通信，也不要求照顾，她说道：'爱我一年，我将爱你一生。'"这个献词1839年第一次出现在沙邦蒂埃的版本中。有的中文译本把她说成是欧仁妮的原型是不对的。

序言（1833—1839）

  在内地，可以遇到一些值得认真研究的人物、充满新颖特点的性格、表面平静而在暗底处却被汹涌的激情扰乱的生活，但是，最为截然不同、千奇百怪的性格，最为汪洋恣肆的狂热，最终都消弭在风俗持久不变的单调中。任何诗人都无法描绘这种不断远去、逐渐缓和的生活现象。为什么不能描绘呢？倘若在巴黎的氛围中存在诗意，有一种掠走财产、使心灵破碎的西蒙风①在那里狂吹，难道在内地氛围的西罗科风②缓慢的作用中，不是也有一种诗意，能使睥睨一切的勇气松懈，使紧绷的纤维放松，使剧烈③的激情消解吗？倘若在巴黎无所不有，那么在外省也无所不现：那里，既不突出外露，也不头角峥嵘；可是在那里，惨剧在默默中进行；在那里，秘密巧妙地隐蔽起来；在那里，结局包含在一言半语中；在那里，在最冷漠的行动中，周密盘算和分析提供了巨大价值。

  倘若文学上的画家放弃了外省生活的出色场景，这既不是出于不屑一顾，也不是缺乏观察；也许是无能为力。事实上，为了接触不是潜藏在行动中而是在思想中、几乎默然无声的利益考虑，为了还原

---

① 西蒙风：非洲和阿拉伯等沙漠的干热风。
② 西罗科风：欧洲南部的焚风。
③ 巴尔扎克用了一个名词：acutesse。

初看淡然无色，但细节和中间色调却期待画笔精巧绝伦的点抹画成的面孔，为了用灰色的暗影和半明半暗复现这些画幅，为了探索表面凹陷，但细看之下却发现均匀的皮层下充实而丰富的质地，难道不需要有各种各样的准备、闻所未闻的关注吗？而且，为了描绘这样的肖像，难道不需要古代细密画的精致吗？

华丽的巴黎文学既要节省时间，却又把时间花在仇恨和娱乐中，以致损害艺术；它希望有现成的惨剧；在缺乏大事件的时代，它没有闲暇寻找惨剧；如果有哪个作家表示要创作这种惨剧，这个有魄力的行动会引起文学共和国的骚动，长期以来，由于人们缺乏男子气概的人的批评，禁止创造任何新形式、新文体、新行动。

这些评论是必要的，作者只想成为最卑微的模仿者，这是为了让读者了解作者的朴实意图，也为了无可争辩地证明他不得不细致入微地写作，有权不惜写得长一点。总之，眼下，人们给昙花一现的作品以"故事"这个光辉的名字，其实故事只应属于艺术中最活泼的创作之列，作者屈尊去描写历史的平庸部分，也就是平凡的历史、每天在外省可以看到的纯粹而普通的故事，无疑是应该得到原谅的。

稍后，他会将沙粒送到当代工人摆成的沙堆中；今日，可怜的艺术家只抓住这些在空中被和风吹拂的白线中的一根，孩子们、少女们和诗人们正在摆弄这些白线，而学者们不太关注白线，据说有一个纺纱仙女让它们从她的纺纱杆上落下。小心！在这种有田园诗意的传统中，有着寓意！因此，作者把它写成题铭。他要向你们指出，在人一生的美好季节，有些幻想，有些徒劳的希望，有些银白的线，怎样从天而降，没有触到地面，又回到天上。

1833年9月

欧仁妮·葛朗台

在某些外省城市里,有些房子看上去使人产生凄凉感,恰如阴森森的修道院、了无生气的荒野、不堪入目的废墟令人油然而生的感触。也许这些房子里既有修道院的宁静、荒野的乏味,又有废墟残砖破瓦的堆积:里面的生活如此平静,活动如此悄无声息,要不是街上响起陌生的脚步声,窗口便会突然探出一张近乎僧侣的面孔——此人一动不动,用黯淡而冷漠的目光瞪着来人,外地人还会以为屋子里无人居住呢。

索缪城里有一所住宅,坐落在通到城市顶端的古堡那条起伏不平的街道尽头,这座房子的外表就有这些凄凉的成分。这条街眼下很少有人来往,夏天炎热,冬天寒冷,有几处地方十分幽暗,可是,引人注目的是狭窄而曲折的小石块路面总是清洁和干燥的,往往响起橐橐声,而且属于老城的那些房子,城墙高耸其上,一片幽静。有些三百多年的房屋虽然是木质结构,却依然很坚固,并且式样不同,富有特色,使得索缪城这一地区受到古董家①和艺术家的注意。从这些房子面前走过,不能不令人赞赏那些两端雕着古怪形象的粗大梁木,上面黑色的浮雕覆盖在大多数房子的底层顶部。这儿,屋子的横木之上,盖着青石板,在不牢固的墙上,勾勒出蓝色的线条,木板屋顶因年深

---

① 19世纪初,古董家(antiquaire)一词指一切对昔日遗迹感兴趣的人。

月久而弯曲,木板①也因日晒雨淋而腐烂变形。那儿,呈现出破旧黝黑的窗棂,上面精细的雕刻已模糊不清,似乎承受不了贫穷的女工种着石竹或者玫瑰的褐色瓦盆。再往前去,布满大钉子的门上,我们的祖先匠心独运,刻上一些难解的护家符号,其意义是永远也弄不清了。时而一个新教徒刻上了自己的信仰,时而一个天主教联盟②的成员在上面诅咒亨利四世③。有的市民刻上了"钟声贵族"④的徽章,表示当过市政官员的光荣。整部法国史全在这儿了。一座墙面由木头之间夹上砖泥砌成的房子,摇摇晃晃,但当年的工匠把他的刨子使得出神入化;旁边耸立着一座贵族的公馆,在石砌的拱形门框正中,虽然受到1789年以来震撼国家的历次革命的摧残,还依稀可见家徽的痕迹。

　　这条街上,底层全是做买卖的,既不是小铺子,也不是大商店,热衷于中世纪文物的人,会在这里发现我们的祖先极其天真⑤而简朴的工场。这些低矮的店堂没有铺面,也没有玻璃门封闭的货架和橱窗,伸进去的幅度很深,黑魆魆的,里外都没有装潢。大门分成上下两部分,粗枝大叶地钉上铁皮,上半部分可以向里折叠,下半部分安装带弹簧的门铃,不断开进开出。空气和阳光要么从上半扇门,要么从拱顶、天花板和半人高的墙壁之间的空隙,透进这间潮湿的洞穴般的屋子。这堵矮墙安装了结实的护窗板,早上卸下,晚上再装上,并且用螺栓连接的铁皮板顶住。墙是用作陈

---

① 这里的木板(bardeaux)一词指15、16世纪使用的屋顶木板结构。
② 天主教联盟:16世纪法国旧教徒为反对新教徒而成立的宗教组织。
③ 亨利四世(1553—1610):原为纳瓦尔国王,信奉新教,1589年因成为法国国王,开创波旁王朝而改信旧教,实施宽容政策,颁布《南特敕令》,遭到旧教徒的不满,终于被刺杀。
④ 当时,议会开会要敲钟,某些城市的市长和副市长的后裔被称为"钟声贵族"。
⑤ 巴尔扎克认为天真是中世纪建筑和风俗的特点,他在《绝对的探求》《不为人知的杰作》《玩球猫商店》《乡村的本堂神甫》中都是这样描写的。

列商品的。招摇撞骗的东西是绝对没有的。陈列品按经营性质而定,有的是两三小桶装得满满的盐或鳕鱼,有的是几捆帆布、缆绳、挂在楼板小梁上的黄铜丝、沿墙摆放的桶箍,或者是货架上放着几匹布。

你走进去吗?一个讨人喜欢、年轻漂亮、系着白头巾、手臂泛红的姑娘便放下手中的织物,召唤她的父亲或母亲过来。他们性格不同,有的冷淡,有的热情,有的傲慢,按照你的愿望卖给你东西,或者是两个苏的小生意,或者是两万法郎的大买卖。你也会看到一个做酒桶木板生意的商人坐在门口,一面绕着大拇指,一面和邻居聊天,表面上他只有蹩脚的酒桶木板和两三捆板条;但是在码

头上,他装得满满的仓库能供应安茹①所有的箍桶匠。他知道,如果葡萄收成好,他可以卖掉多少酒桶,误差是一块酒桶板。阳光灿烂会使他发财,阴雨连绵会使他破产:仅仅一个上午,大酒桶②的价格可以从十一法郎跌到六法郎。这个地区和都兰一样,气候的变幻主宰着经济生活。葡萄农、房地产的业主、木材商、箍桶匠、客店老板、船老大,人人都盼望出太阳;晚上睡觉时,他们担心次日清晨得知夜里结了冰;他们惧怕下雨、刮风、干旱,又期望随心所欲地要雨水有雨水,要炎热有炎热,要云彩有云彩。天公与人世利益之间,搏斗是持续不断的。晴雨表轮流地使人忧愁、愁眉舒展、喜笑颜开。

这条街从前是索缪城的主干道,从街头到街尾,"真是黄金般的好天气啊",这句话从这家到那家就代表有一笔进账。因此,每个人都会回答邻居:"下金路易了!"他知道一场日晒、一场及时雨会给他带来多少财富。在美好的季节,星期六,将近中午,你在这些正直的酒商那里买不到一个苏的商品③。每个人都有自己的葡萄园、小园地,要到乡下去过上两天。在那里,买进,卖出,赢利,一切预先计算好,商人十二个小时中有十个小时用来寻欢作乐,高谈阔论,评头品足,不断探听消息。一个主妇买了一只山鹑,她的邻居不会不问她的丈夫,她烧得是不是火候正好。一个少女在窗口探出头来,不会不被三五成群的闲人瞧见。所以,那儿的人内心是遮拦不住的,如同这些难以进入、黑洞洞、静悄悄的房子毫无秘密一样。生活几乎总是放在露天进行:家家坐在门口,吃中饭,吃晚饭,争吵拌嘴。街上行人没有不被品评一番的。因此,从前每当有个外地人来到外省城市,会被家家户户嘲弄。由此产生了很多有趣

---

① 安茹:法国西部地区。
② 这里指能容纳一百八十五升的酒桶。
③ 在《两个朋友》中,巴尔扎克写道:"在都尔,一个商人……每逢星期六关掉他的商店,到乡下去,直到星期一。"

的故事,昂热①人擅长编造这些市井笑料,由此得到"逗笑者"的绰号。

旧城那些老宅位于这条街的高处,当地贵族昔日都住在这条街上。这些房子是世道人心具有淳朴特点的时代的古老遗物,但如今法国已世风日下。这个故事的事件,正是发生在其中一幢相当阴暗的房子里。在这条古色古香的街道上,任何小事都能引起回忆,总体印象使人不禁陷入遐想;在曲里拐弯地走过一段路以后,你可以看到一个阴森森的凹进去的地方②,葛朗台先生府邸的大门就隐藏在正中。倘若不介绍葛朗台先生的身世,便不可能理解外省人口中"府邸"这个说法的分量。

葛朗台先生在索缪城闻名遐迩,其中的原委是不曾在外省待过的人不能完全洞悉的。葛朗台先生,有些人还管他叫葛朗台老头,但这样叫他的老人的数目已明显减少;1789年,他是一个富裕的箍桶匠老大,会读写和计算。当共和政府在索缪地区拍卖教会财产时,箍桶匠年届四十,刚娶了一个富有的木板商的女儿。葛朗台把现金和妻子的陪嫁凑成两千金路易③,跑到专区政府,把岳父给他的两百枚双金路易塞给了监卖国有产业的蛮横的共和党人,即使不正当,却是合法地贱价买到了当地最好的几块葡萄园、一座老修道院④和几块分成制租田⑤。

由于索缪城的居民没多少革命思想,葛朗台老头被看作一个大胆的人,一个共和党人,一个爱国者,一个接受新思想的人物,其实他只关心葡萄园。他被任命为索缪专区的行政委员,当地在政治和商业

---

① 昂热:安茹的省会。
② 小说描写的这个地方,与位于图尔樱桃树街的伏盖公寓十分相像,巴尔扎克的两个妹妹常去那里。
③ 金路易:法国古金币,值二十法郎,有路易十三等国王的头像。
④ 这座修道院名为核桃树修道院,加上附属建筑,当年以十万二百利佛尔的贱价售出。
⑤ 分成制租田:产权属国家,经营者向国家交税的一种租田。

上都受到他温和观点的影响。在政治方面，他保护大革命前的贵族，竭尽所能阻止拍卖流亡贵族的产业；在商业方面，他给共和军供应一两千桶白酒，换回了原来留作最后一批拍卖的、属于一个女修道院的几块肥沃的草场。执政府时期，葛朗台老头变成市长，管理明智，葡萄的收获更好；第一帝国时期，他成了葛朗台先生。拿破仑不喜欢共和党人：他让一个大地主、一个有表示贵族的"德"字的人，一个后来的帝国男爵代替葛朗台先生，因为他被看作戴过红帽子①。葛朗台先生毫无遗憾地离开了市政任职的荣耀。他曾经出于为城市谋福利，修建了几条通往他的产业的上乘的公路。他的房屋和地产在土地登记②时占了很多便宜，交的税不多。自从他各处的葡萄园分出等级以后，靠他不断的照料，变成了当地的"头牌"——这个术语专指能酿出一流好酒的葡萄园。他本来可以申请获得荣誉团勋章。免职的事发生在1806年。葛朗台先生当时五十七岁，他的妻子约莫三十六岁。独生女是他们的合法爱情的结晶，只有十岁。大概是上天想安慰他丢了官，葛朗台先生在这一年相继获得葛朗台太太的母亲、娘家姓德·拉贝泰利埃尔的德·拉戈迪尼埃尔太太的遗产，然后是妻子的外公拉贝泰利埃尔老先生的遗产，还有葛朗台的外婆让蒂耶太太的遗产：这三笔遗产数目之大，无人知晓。这三个老人的吝啬到了狂热地步，长期以来，他们积聚金钱，为的是能够私下里观赏。拉贝泰利埃尔老先生把放债叫作挥霍，觉得观看金子比放高利贷实惠得多。因此，索缪城的人只能以看得见的财产收入来估计他们有多少积蓄。

葛朗台先生于是获得了贵族新头衔，尽管我们酷爱平等，但永远抹杀不了这种荣誉，他成了当地纳税最多的人。他经营一百阿尔邦③的葡萄园，丰收年可以酿出七八百桶酒。他拥有十三块分成制租田和一

---

① 法国大革命时，雅各宾党人爱戴弗吉尼亚红色软帽。
② 这种制度是执政府时期由国民议会制定的。
③ 阿尔邦：旧时的土地面积单位，当时约三分之二公顷。

座古老的修道院，为了省钱，他把修道院的窗子、尖拱、彩绘玻璃封死[①]，把它们保存下来；他还有一百二十七阿尔邦的草场，1793年种下的三千棵白杨在茁壮成长。末了，他所住的房子是他的产业。这是他看得见的财产。至于他的资金，只有两个人能够约略估计得出：一个是替他放债的公证人克吕绍先生；另一个是索缪城最富有的银行家德·格拉散先生，葛朗台认为合适时私下里也和他一起赚钱。在外省，谨慎从事才能互相信任和发财；虽然老克吕绍和德·格拉散先生极其小心，他们仍然在大庭广众之下对葛朗台先生毕恭毕敬，让人从对他的谄媚态度看出这位前任市长的财力多么雄厚。

索缪城里，人人深信葛朗台先生有一个装满金路易的秘密宝库，说他深夜瞧着那一大堆金子，有难以形容的快乐。那些守财奴看到老头的眼睛像是染上了金子黄澄澄的颜色，都相信这种说法。一个习惯于靠资金获取巨大利润的人，就像色鬼、赌徒或者奉承者一样，目光中有着某种难以界说的习气和躲躲闪闪、贪婪、神秘的神态，绝对逃不过同他一路的人。这种秘密语言可以说形成了激情的秘密联系。

葛朗台先生得到大家的尊敬是理所当然的，因为他从不欠人情，他是个老箍桶匠、老葡萄园主，按收成必须制作一千只还是五百只酒桶，他都以天文学家的精确估计得出；他做投机买卖没有失过一次手，酒桶价格比要采摘的葡萄还值钱的时候，他总是有酒桶出售，而把酒藏到地窖，等一桶酒涨到五个金路易时再抛出。1811年大丰收时，他精明地把酒囤积在家里，慢慢地售出，赚了二十四万法郎。在理财方面，葛朗台先生好比一头猛虎、一条巨蟒：他懂得躺着、蹲着，久久地注视猎物，然后扑上去；他张开钱袋的大口，吞进成堆的金币，接着安静地躺下，有如蛇一样不动声色、冷漠无情，有条不紊地消化。看见他走过的人，全都感到混杂着尊敬和畏惧的赞赏之情。索缪城里，人人不都感到过被他的钢爪锐利地抓了一下吗？有人要买

---

① 门窗税是督政府在1799年设立的。

田，通过公证人克吕绍，向他借到一笔款，利息要一分一厘；有人拿期票到德·格拉散先生那里去贴现，要先提取一大笔利息。无论在市场上还是在夜晚市区的闲谈中，不提到葛朗台先生大名的日子很少。对某些人来说，这个老葡萄园主的财产之多是地方上的骄傲。因此，不止一个商人，不止一个客店老板，颇为得意地对外地人说：

"先生，我们这儿的百万富翁有两三家；但是，至于葛朗台先生嘛，连他自己也不清楚有多少财产呢！"

1816年，索缪城能掐会算的人估计老头的地产约值四百万法郎；但是，从1793年至1817年之间，按平均每季地租计算，他大概每年收入十万法郎，由此推算，他拥有的现金几乎和他的不动产的价值相当。因此，在打完一场"波士顿"牌局，或者谈过葡萄的年成以后，就会谈到葛朗台先生，一些自作聪明的人会说："葛朗台老头吗？……葛朗台老头大概有五六百万吧。"要是克吕绍先生或者德·格拉散先生听到这句话，就会说："你比我还有能耐，我从来不知道他的总数呢！"

要是有个巴黎人谈到罗特希尔德或者拉菲特①那样的大亨，索缪人会问他们是不是和葛朗台先生一样有钱。倘若这个巴黎人轻蔑地微笑着说是的，他们便互相对视，不相信地摇摇头。这样巨额的财产给这个人的一切行动都披上了一件金缕衣。即使起先他的生活特点给人提供了笑柄，这些笑柄也显得陈旧了。葛朗台先生的一举一动都有一锤定音的权威性。他的言谈，他的衣着，他的动作，他的眨眼，成了当地的金科玉律，人人都像博物学家研究动物本能产生的后果那样研究他，然后才能发现他最细小的动作中深邃而不露声色的智慧。有人这样说：

---

① 罗特希尔德本是法国的银行家家族，巴尔扎克在《人间喜剧》中多次提到这个名字，但改变了写法，将Rothschild写成Rotschild；他认识詹姆斯·德·罗特希尔德男爵，在1833年10月31日给韩斯卡夫人的信中，他提到想同这个"金钱王子"会晤。拉菲特（1767—1844），法国银行家、政治家，1830年曾当过财政大臣和议长，但死时几乎破产。

"葛朗台先生已经戴上皮手套了,今年冬天会很冷:应该收获葡萄了。"

或者说:"葛朗台先生买了许多桶板,今年的酒少不了。"

葛朗台先生从来不买肉和面包。他的佃户每星期给他足够食用的阉鸡、童子鸡、鸡蛋、黄油和麦子,都是用来抵租的。他有一座磨坊,承租人除了交纳租金以外,还要来他家取走一定数量的麦子,再把麸皮和面粉送回来。他唯一的女佣大个子娜侬尽管年纪不轻,仍然每星期六亲自烤制全家的面包。葛朗台先生和承租种菜的讲好,让他们供应蔬菜。至于水果,他收获之多,可以把大部分拿到市场卖掉。取暖用的木头,是从篱笆上砍下来的,或者取自田边半腐烂的老截头树[①]。他的佃户替他锯开,用大车拉到城里去,为了讨好他,替他送进柴房摞整齐,得到他的几声"谢谢"。大家知道的他的几项开支,只有圣餐费、妻子和女儿的衣着费、全家在教堂座椅的租费、蜡烛费、大个子娜侬的工钱、锅子的镀锡费、赋税、房屋修缮费和耕种费用。他刚买了六百阿尔邦的树林,交给一个邻居照看,答应给他津贴。自从他购置了这些树林以后,他才吃上野味。

这个人举止非常简单,寡言少语,表达思想一般用格言式的短句,声音柔和。从他开始引人注目的大革命时代起,老头每当要长篇大论说一番话或者要进行讨论时,便结结巴巴,令人讨厌。这种口齿不清,前言不搭后语,在一大堆话中淹没思想,表面缺乏逻辑,人家当成是他缺少教育,其实是他佯装的,下文的一些情节足以说明这种诡计。此外,有四个用字准确的句子,如同代数公式一样,他习惯用来应付和解决生活和买卖上的所有难题:"我不知道;我做不了;我不愿意;以后再说。"他从来不置可否,不留字迹。你对他说话吧,他冷漠地听着,右手托着下巴颏儿,肘子支在左手背上;任何事,他一打定主意,就决不改变。一丁点生意,他也要琢磨老半天。经过一

---

① 当地往往在离地两三米高的地方砍掉树的上部,让树枝再长出来。

番巧妙的谈话之后,他的对手以为逮住了他,却把自己的底牌露给了他。他回答说:

"我没有和太太商量过,现在什么都不能下定论。"

妻子被他压得像俯首帖耳的奴隶一样,在生意上却是他最合适的挡箭牌。他从不去别人家里,既不愿意吃人家的,也不愿意请人吃饭;他从不发出响声,似乎什么都要节俭,甚至动作也在内。他一贯尊重所有权,在别人家里决不翻动东西。不过,虽然他声音柔和,举止审慎,仍然流露出箍桶匠的谈吐和习惯,尤其在家的时候,不像在其他地方要有所顾忌。

在体格方面,葛朗台身高五尺①,体胖腰圆,腿肚子周长一尺,髌骨多节,肩膀很宽;圆脸盘,呈棕褐色,有水痘瘢痕;下巴笔直,嘴唇没有一点曲线,牙齿雪白,眼睛的神情冷静而虎视眈眈,老百姓称为蛇怪之眼;他的额角皱纹密布,凹凸不平;不知轻重的年轻人背后开葛朗台先生的玩笑,把他略带黄色的灰白头发称作"黄金掺白银";他的鼻尖肥大,顶着一个布满血筋的皮脂囊肿,老百姓不无道理地说,里面装满了诡计。这副相貌显出危险的精细、毫无热情的诚实和自私自利:他习惯于把感情集中在对吝啬的乐趣和对他唯一真正在乎的继承人女儿欧仁妮身上。再说,他的举止、行动方式、走路姿势,表明他只相信自己,这是他的事业始终一帆风顺而养成的习惯。因此,尽管表面上性情随和、柔弱,葛朗台先生却心如铁石。

他的衣着一成不变,从1791年以来就是这副装束,至今仍旧如此。结实的鞋子用皮鞋带结牢;一年四季都穿着呢袜,一条栗色的粗呢短裤,下面用银箍扣紧,上身穿一件黄色和棕色相间条纹、两排纽扣的丝绒背心,套一件衣裾宽大的栗色外套,系一条黑领带,戴一顶公谊会教徒的帽子。他的手套和警察的一样结实,能用上十个月,为了保持干净,他总以一种有条不紊的动作,将手套放在帽檐的同一个

---

① 大约一米六二。

地方。索缪城里的人关于这个人物知道得不会再多了。

城里只有六个人有资格拜访他家。前三位中最重要的是克吕绍先生的侄子。这个年轻人自从当上索缪城初级法庭的庭长以后,在克吕绍的名字后面又加上了蓬封这个姓氏。他的签名已经变成克·德·蓬封。鲁莽的诉讼人称他为克吕绍先生,出庭时马上会发觉自己干了一件蠢事。这位法官保护称他为庭长先生的人,但是称他为德·蓬封先生的奉承者,他会报以和蔼可亲的微笑。庭长先生三十三岁,拥有一处叫蓬封的田庄(Bonifontis①),年收入七千法郎;他等着继承两位叔伯的遗产,一位是公证人,另一位是图尔城圣马丁教堂的显要神甫,据说他们都很有钱。这三个克吕绍的叔伯兄弟很多,和城里二十来家有联系,结成了一个党派,就像从前佛罗伦萨的梅迪奇家族②。克吕绍家族像梅迪奇家族一样,也有帕齐家族与他们为敌③。德·格拉散太太有一个二十三岁的儿子,她坚持不懈地前来和葛朗台太太打牌,希望让自己心爱的阿道尔夫和欧仁妮小姐结婚。银行家德·格拉散先生不断地在暗地里为老吝啬鬼效劳,有力地支持妻子的计谋,总是及时赶到战场。这三个德·格拉散同样有他们的帮手、亲属和忠实的盟友。

在克吕绍一家方面,神父是家里的塔莱朗④,得到他的兄弟公证人的有力支持,与银行家太太激烈地争夺地盘,极力要把葛朗台的丰厚遗产留给自己当庭长的侄子。这场在克吕绍一家和德·格拉散一家之间为获得欧仁妮·葛朗台的婚姻而展开的明争暗斗,成为索缪城各个阶层的热门话题。葛朗台小姐会嫁给庭长先生还是德·格拉散一家的阿道尔夫先生呢?对于这个问题,有人回答说,葛朗台先生既不会把女儿给这一个,也不会给那一个。他们说,老箍桶匠雄心勃勃,在寻

---

① 拉丁文,"好泉水"的意思。
② 梅迪奇家族:佛罗伦萨的商人和银行家家族,从15世纪至18世纪起到极其重要的作用。
③ 帕齐家族为共和派,1478年阴谋反对梅迪奇家族,失败后,所有人被处决。
④ 塔莱朗(1754—1838):法国政治家,是个不倒翁,计谋多端。

找一个法国贵族院议员做女婿,他一年三十万法郎的利息收入,能让人接手葛朗台家过去、现在和未来的所有酒桶生意。还有人反驳说,德·格拉散夫妇是贵族,极其富有,阿道尔夫又是一个英俊的骑士,除非葛朗台还有一个教皇的侄儿可以左右,这样门当户对的婚姻应该让出身低微的人,让一个索缪全城人都看到过手里拿着木匠斧头,另外戴过红帽子的人心满意足。老于世故的人指出,克吕绍·德·蓬封先生随时可以拜访葛朗台,而他的对手只有在星期天才能受到接待。有些人认为,德·格拉散太太比克吕绍一家和葛朗台家的女人来往更密切,可以给她们灌输某些想法,这些想法迟早会使她获得成功。另外一些人反驳说,克吕绍神父逢迎拍马天下无双,女人对僧侣,势均力敌。索缪城有一个才子说:"他们是旗鼓相当,打成平手。"

当地更知内幕的老前辈认为,葛朗台家过于精明,不会让家产外流,索缪城的欧仁妮·葛朗台小姐会嫁给巴黎富有的葡萄酒批发商葛朗台先生之子。对此,克吕绍一家和格拉散一家回答说:"首先,两兄弟三十年来没见过两次面。其次,巴黎的葛朗台先生对他的儿子有很高的期望。他是区长、议员、国民自卫军上校、商业法庭审判员;他不承认索缪城的葛朗台一家,一心想跟得到拿破仑恩宠的公爵之家联姻。"方圆二十法里①,甚至从昂热到布洛瓦②,在驿车里,都有人谈论这个女继承人的婚事,不是说什么话的都有吗?

1818年初,克吕绍一派明显占了格拉散一派的上风。弗罗瓦封家的地产以花园、出色的古堡、农庄、河流、池塘、森林闻名,价值三百万法郎,年轻的德·弗罗瓦封侯爵因急需现款,不得不将它出卖。克吕绍公证人、克吕绍庭长、克吕绍神父在他们的党羽的帮助下,成功地阻止了将地产分块出售。公证人和年轻的侯爵做了一笔有大钱可赚的生意。他说服了年轻侯爵,"分块出售要同中标人打无数

---

① 一法里等于四公里。

② 布洛瓦:法国中部卢瓦尔和舍尔的省会。

次官司，才能凑足一块块地的总数。"最好是卖给葛朗台先生，他有支付能力，而且又能用现金来购买地产。这片景色秀丽的弗罗瓦封侯爵封地于是送进了葛朗台先生的嘴里。使索缪人大吃一惊的是，葛朗台先生在办完手续之后，打了折扣，用现款一次付清。这件事在南特①和奥尔良②引起轰动。葛朗台先生搭一辆别人的回程车去察看他的古堡。他对自己的产业以主人身份瞥了一眼，然后回到索缪，深信这笔投资有五厘利，而且产生了一个出色的想法：要扩大弗罗瓦封侯爵封地，和他的所有产业归并到一起。随后，为了重新填满他几乎空虚的金库，他决定把他的树木、森林砍光，把草场上的白杨也卖掉。

现在很容易明白葛朗台先生的"府邸"这个词的全部分量了。这是一座灰白、阴森、静悄悄的房子，坐落在城市的高处，城墙的废墟掩映着它。两根支柱和拱顶构成门洞，像房子一样，用石灰华砌成，这是卢瓦尔河畔特产的白石，质地松软，平均使用寿命不到两百年。恶劣的天气在拱顶和门洞侧壁古怪地形成大小不等的无数小洞，外表宛如法国建筑中使用的布满虫形的石块，也有几分像监狱的大门。在拱顶上面，有一长条硬石浮雕，代表四季，形象已经剥蚀、发黑。浮雕上面有一块突出的石板，板上有好几种随意生长的野草、黄色的蒿草、牵牛花、旋覆花、车前草，还有一棵已经长得很高的小樱桃树。褐色的大门是用整块橡木做成的，因干燥而到处开裂，表面看来不牢固，但有一排排对称的钉坚实地固定着它。边门中央有一个小方洞，装着密密的、已生锈发红的铁栅，铁栅上挂着一个环，环上面吊着一个突出的铁锤，铁锤正好敲在一颗形似鬼脸的大头钉上。铁锤呈长方形，属于我们的祖先称之为敲钟铁锤的那一种，酷似一个巨大的惊叹号；文物爱好者如果仔细观察，会发现锤子原先大体是一个小丑的形象，因长期使用已经被磨掉了。小铁栅在内乱时代是用来辨认来客

---

① 南特：法国西部卢瓦尔河入海处的省会。
② 奥尔良：卢瓦雷的省会，距巴黎西南方一百五十公里。

的，好奇的人可以往里看到幽暗发绿的拱廊尽头，有几级损坏的石阶，通到一个花园，四周的厚墙潮湿，布满渗水痕迹和一丛丛枯枝败叶的小灌木，别有情趣。这些墙壁是城墙的一部分，附近人家用它建成了花园。

底层最体面的房间是厅堂，从大门的拱顶下进去就是厅堂的入口。很少有人了解安茹、都兰、贝里①这些小城里厅堂的重要性。厅堂同时是候见室、客厅、书房、贵妇的小客厅、餐厅；它是家庭生活的舞台、公共场所；街区的理发师一年两次在那里给葛朗台先生剪头发；佃户、本堂神父、专区区长、磨坊伙计就从这里踏进。这个房间的两扇窗面向街道，房间装着护壁板；灰色的壁板镶着古色古香的线脚，从上到下装饰着房间；天花板由外表同样漆成灰色的梁木组成，梁木之间填满了已经发黄的、掺毛的灰泥。一只镶嵌螺钿的阿拉伯式图案的黄铜旧挂钟，装饰着雕工粗糙的白石壁炉台，上面是一面暗绿色的镜子，磨出斜边的两侧，显示出镜子的厚度，沿着镶嵌金银丝的钢框的哥特式细工板壁，闪射出一丝亮光。放在壁炉两边的两只金黄色的枝形铜烛台是两用的；主干与古铜镶边的蓝色大理石底座相配，去掉用作托盘的玫瑰花形灯芯，底座便是一个烛台，可供平常日子使用。古式的座椅套着织锦，锦面是拉·封丹的寓言图案。但是，必须知道这个寓言，才能看出是什么题材，褪尽的色彩和布满补丁的画面已经很难辨别。在这个厅堂的四角，放着墙角柜，这是一种餐具橱，上面是油腻腻的隔板。一张细木镶嵌的旧牌桌，上面绘着棋盘，放在两扇窗子中间的空当里。这张桌子之上，有一个椭圆形的晴雨表，黑色边框，饰以丝带状的金色木头，苍蝇在上面攀爬拉屎，有多少金色成了问题。壁炉对面的墙上，有两幅水粉肖像画。据说，一幅画的是葛朗台太太的外公德·拉贝泰利埃尔先生，穿着法国禁卫军中尉的军装；另一幅画的是坐在安乐椅中已故的让蒂耶太太。两扇窗子都挂着

---

① 贝里：法国中部地区，位于中央高原北面，覆盖了舍尔和安德尔省的大半部分。

图尔出产的、批发买来的红绸窗帘,用教堂那种有流苏的丝线细绳束起。这种奢华的装饰,和葛朗台的习惯很不协调,其实是买下这幢房子时就有的,包括护壁板、挂钟、带套子的家具和红木墙角柜。

在离门最近的窗子下面,有一张草垫椅子,四只脚下面有垫板,为的是将葛朗台太太抬高到可以看到行人。一张褪了色的樱桃木小针线桌塞在窗洞下面,欧仁妮·葛朗台的小扶手椅放在旁边。十五年来,从4月到11月,母女俩每天的日子都在这个位置平静地度过,手里总有活计。从11月1日开始,她们便在壁炉前过冬。只有到了那一天,葛朗台才允许在厅堂里生火,他到明年3月31日就熄掉火,不管春寒料峭和秋凉袭人。在四月和十月寒意难挡的一早一晚,大个子娜侬从厨房里弄出些炭火,手脚麻利地放在脚炉里,给太太和小姐驱寒。母女缝制全家的衣物,尽心尽责地像女工一样整天操劳。如果欧仁妮想替母亲绣一条细布绉领,她便不得不挪用自己的睡眠时间,为了点灯,还要骗过她的父亲。长时间以来,吝啬鬼给女儿和大个子娜侬分发蜡烛,就像每天早上分发当天消费所需要的面包和食品一样。

或许只有娜侬一个人受得了她主人的专制。全城人都嫉妒葛朗台夫妇有这样一个女佣。她身高五尺八寸①,所以才叫大个子娜侬。她在葛朗台家里已经干了三十五年。尽管她每年的工钱只有六十法郎,她仍然被看作索缪最有钱的女佣之一。这六十法郎,积了三十五年,使她能够在公证人克吕绍那里存了四千法郎的终身年金。大个子娜侬长期坚持不懈地积蓄,总数看来着实可观。每个女佣,看到这个六十来岁的可怜女人有了晚年的面包,都嫉妒她,却不去想想这是艰苦地做牛做马换来的。二十二岁时,可怜的姑娘因为长相实在丑陋,找不到婆家。可是这样说也未免不够公正。她的脸要是放在一个禁卫军掷弹兵的肩膀上,会受到何等的赞美啊。不过,常言说得好,什么都要相配。她曾在一个农庄放牛,农庄失了火,她只得离开,凭着她无所畏

---

① 等于1.83米。

惧的坚定勇气，到索缪来寻找工作。这时，葛朗台老头想结婚成家，他发现了这个在每家都碰壁的姑娘。作为一个箍桶匠，他在判断一个人的体力上是不会错的，这个女人的体形就像大力士，双脚一站，仿佛一棵有六十年树龄、根深蒂固的橡树，熊腰虎背，一双手像车把式，诚实憨厚，正如她的贞操纯洁无瑕一样。在这样一个女人身上能获利多少，他看得清清楚楚。无论雄赳赳的脸上长满的疣子，无论紫酱的脸色，无论青筋暴突的手臂，无论娜侬的破衣烂衫，都吓不倒箍桶匠，尽管他当时还处在对女人会动心的年纪。于是他给可怜的姑娘衣着、鞋袜、吃住、工钱，使用她却不过分斥责她。

　　大个子娜侬受到这样的款待，高兴得暗中流泪，便真心实意地依附于箍桶匠，而箍桶匠像对封建家奴一样盘剥她。娜侬什么都干：做饭，洗涮，到卢瓦尔河洗衣，再扛回来；清晨即起，很晚才睡；在收获季节给所有摘葡萄的工人做饭，不让人捡地下的葡萄；像一条忠实的狗那样保护主人的财产。总之，她对主人盲目信任，对他离奇古怪的非分之想一一服从，毫无怨言。在1811年那少有的一年[①]，收获葡萄要付出空前未有的辛劳，这时娜侬已经干了二十年，葛朗台决意把他的旧表送给她，这是她从他那儿得到的唯一礼物。尽管他也把自己的旧鞋丢给她穿（她穿着也合脚），但不能把每一季得到葛朗台的鞋子也看作礼物吧，鞋子也真够破旧的了。缺吃少穿使这个姑娘变得十分悭吝，葛朗台终于像喜欢一条狗那样喜欢她，娜侬心甘情愿地让人在脖子上套上带刺的项圈，连刺戳也不感到痛了。即使葛朗台过于精打细算地切割面包，她也不抱怨。这户人家的饮食制度十分严格，但从来没有人生病，这种卫生上的获益让她感到快乐。再说，娜侬属于家庭的一分子。当葛朗台笑的时候，她也笑，同他一起发愁、挨冻、取暖、干活。在这种平等中，有着多么甜蜜的补偿啊！主人从来不责备女佣，既不责怪她摘野杏或葡萄园的桃子，也不责怪她在树下吃李子

[①] 这一年有彗星出现，对葡萄生长特别有利。

或油桃。在果实把树枝压弯的年头，佃户不得不拿果子去喂猪，葛朗台对她说："吃呀，娜侬，吃个饱。"

对一个从小受尽虐待，后来被人好心收留的可怜乡下姑娘来说，葛朗台老头那种含混的微笑，是一道真正的阳光。再者，娜侬心地单纯，头脑狭窄，只能容纳一种感情、一种想法。三十五年来，她总是记得自己光着脚，穿着破衣烂衫，来到葛朗台老头的工场前面，总是听到箍桶匠对她说："你要什么呀，小妞儿？"她的感激总是常新的。有时，葛朗台想到这个可怜的女人从来没有听到过一星半点奉承话，不知道女人所能激起的柔情蜜意，到了将来在天主面前受审时，她能比圣母马利亚还要纯洁，他不禁产生恻隐之心，望着她说："可怜的娜侬！"

他的感叹总是引来老女仆难以名状的目光。这个不时冒出来的感叹，久已成为一条绵延不绝的友谊锁链，每发一声，就增加一个锁环。这种出自葛朗台内心，使老姑娘感激涕零的怜悯，有着一种说不清的可怕意味。这种吝啬鬼的令人难以忍受的怜悯，在老箍桶匠心中唤起千百种快感，对娜侬来说却是全部幸福。"可怜的娜侬！"这句话谁不会说呢？但从这句话的音调和神秘莫测的哀叹中，天主会认出谁是善人。

索缪有大量人家对待仆人要比葛朗台好得多，但是主人却得不到仆人任何满意的表示。由此让人心存疑惑："葛朗台家究竟是怎样对待娜侬，能使她这样死心塌地，肯为他们往火坑里跳呢？"

厨房装上铁栅的窗子朝向院子，始终干干净净，收拾整齐，冷冷清清，是名副其实的守财奴的厨房，什么东西都不会糟蹋。娜侬晚上洗完碗碟，收好剩菜，熄灭炉火，便到与厨房隔开一条过道的厅堂去跟主人待在一起织麻。晚上全家人只点一支蜡烛就够了。女仆睡在这条过道尽头的一间陋室里，陋室由开向邻家的小窗洞取光。她健壮的身体使得她睡在这样一个小窝里而不受影响。她从屋里能听到日夜都寂静无声的府邸的轻微响声。她好像一条警犬，竖起一只耳朵睡觉，

一面休息一面守夜。

屋子的其余部分,在故事的下文里还会描绘;但对全家奢华所在的厅堂的素描,已经可以令人想见楼上几层的寒酸相了。

1819年11月中旬的一个傍晚,大个子娜侬第一次生起炉火。这一年秋天,风和日丽。这一天是克吕绍一家和格拉散一家牢记的日子。因此,六位主要角色准备好全副武装,到厅堂里来相会,比一比谁的友情更好。早上,全索缪的人都看见葛朗台太太和小姐在娜侬的陪伴下,到教区的教堂①去望弥撒,人人都记得这一天是欧仁妮小姐的生

---

① 这里是指圣彼得教堂,但巴尔扎克没有提及,他看来不大熟悉索缪。

日。因此，克吕绍公证人、克吕绍神父和克·德·蓬封先生算准了晚饭该结束的时间，急急忙忙赶在德·格拉散一家到来之前，来向葛朗台小姐祝贺。这三个人捎来在自家小花房里采摘的大束鲜花。庭长要呈献的那束花的花梗上，别出心裁地裹上一条有金色流苏的白缎丝带。早上，葛朗台先生按照欧仁妮生日和本名节日这两个值得纪念的日子立下的习惯，突然来到她的床前，郑重其事地把他作为父亲的礼物交给她，十三年来每次都是一枚稀有的金币。葛朗台太太一般根据情况送给女儿一件冬天或夏天穿的长裙。这两件长裙，再加上元旦和父亲的节日她得到的金币，组成了大约五六百法郎的一笔小收入，葛朗台喜欢看到这笔钱积攒起来。难道这不是把他的钱从一个银箱放到

另一个银箱里吗？可以说，是用喂小鸟的小棍儿去喂养他的女继承人的吝啬。他有时过问一下她的库存有多少。葛朗台太太的外祖父母从前也给过钱，对她说："这是你将来结婚的压箱古钱币。"

用古钱币做压箱钱是一个古老的风俗，法国中部有些地方还很流行，并神圣地保存着。在贝里和安茹，一个姑娘结婚时，她的家庭或者夫家应该给她一个钱袋，根据财产的多寡，放上十二枚或者十二打，或者一千二百枚银币或金币。最贫穷的牧羊女如果没有压箱钱是不会出嫁的，哪怕只是大铜钱。在伊苏登①，至今还谈论一个富有的独生女，她的压箱钱有一百四十四枚葡萄牙金币。卡特琳娜·德·梅迪奇②嫁给亨利二世时，她的叔叔、教皇克莱芒七世③送给她十二枚价值连城的古代金勋章。

吃晚饭时，父亲看到女儿欧仁妮穿上新裙后显得更美丽，喜盈盈地大声说：

"既然今天是欧仁妮的生日，我们就生起炉火！图个吉利吧。"

"小姐今年一准要成亲了。"大个子娜侬拿走吃剩的鹅肉，一面说。鹅是箍桶匠家餐桌上的山珍。

"我看索缪压根儿没有配得上她的人家。"葛朗台太太答上一句，一面胆怯地望望她的丈夫。以她的年纪，这副神态显示出这个可怜的女人对丈夫唯命是从，逆来顺受。

葛朗台端详了一会儿女儿，喜上眉梢地大声说：

"今天她二十三岁了，这孩子，该为她操心了。"

欧仁妮和她母亲心照不宣地互相瞧了一眼，没有吭声。

葛朗台太太是个干瘦的女人，面色蜡黄，动作笨拙、迟缓，就像那种天生受欺压的女人。她骨骼粗大，大鼻子，宽脑门，大眼睛，乍一看有点像既没味道又没汁水、棉絮般的果子。牙齿发黑，所剩不

---

① 伊苏登：安德尔省的专区政府所在地，位于法国中部。
② 卡特琳娜·德·梅迪奇（1519—1589）：法国王后，1533年嫁给亨利二世（1519—1559）。
③ 克莱芒七世（1478—1534）：第217任教皇。

多,嘴巴四周满是皱纹,下巴颏像木底皮面套鞋往上翘起的形状。这是一个心地善良的女人,一个真正的拉贝泰利埃尔家的后代。克吕绍神父很会找机会地对她说,当年她比较漂亮。她居然也会相信。天使般的温柔、像被孩子折腾的昆虫那样任人摆布、少有的虔诚、心灵保持不变的稳定、心肠慈善,这些使她得到普遍的同情和敬重。丈夫给她的零用钱每次从不超过六法郎。尽管相貌可笑,她的陪嫁和继承到的遗产,却给葛朗台老头带来三十多万法郎。她却总是自惭形秽,感到寄人篱下,地位低贱。她心灵柔和,妨碍她起来反抗。她从来不要求一分钱,对公证人克吕绍要她签字的文件不表示一点异议。这种埋在心底的愚蠢的傲气以及葛朗台始终不了解反而伤害的高尚的心灵,支配着这个女人的行为。

葛朗台太太总是穿一件淡绿色绸裙,照例要穿上一年,披着一条棉质的白色大围巾,戴一顶缝制的草帽,几乎总是系一条黑色塔夫绸围裙。她很少出门,鞋子很省。总之,她从来不想为自己要点什么。因此,葛朗台有时想到,自从上次给过她六法郎,已过去很长时间,觉得有些过意不去,便在出售当年收成的契约上,要买主给她一些赠予。向葛朗台买酒的荷兰人或者比利时人所给的四五枚金路易,构成了葛朗台太太每年最可观的收入。但是,一旦她收到五枚金路易,仿佛他们的钱是共有的,她的丈夫常常对她说:"借几个铜板给我好不好?"可怜的女人由于听她忏悔的神父对她说,她的丈夫是她的老爷和主人,所以很高兴能为他干点事,一个冬天下来,便在别人赠予的钱中还了他好些。葛朗台从口袋里掏出每个月的零花费,买针头线脑呀,买女儿的衣服呀,把钱袋扣上以后,他不忘记对妻子说:

"还有你,孩子他妈,你要些什么?"

"孩子他爸,"受到做母亲的尊严的激励,葛朗台太太回答,"我再说吧。"

这种崇高是白费心思!葛朗台自以为对妻子十分慷慨大度。像娜侬、葛朗台太太、欧仁妮这样的人,如果哲学家遇到了,不是很有理由觉得嘲讽是天主的本性吗？在第一次提到欧仁妮的婚事那餐晚饭以后，娜侬到葛朗台先生的卧室去拿一瓶黑茶子酒，下楼时差点摔跤。

"大笨蛋，"她的主人对她说，"你呀，你也像别人一样摔跤吗？"

"先生，是您的楼梯踏板不行了呀。"

"她说得对。"葛朗台太太说，"你早该叫人来修了。昨天，欧仁妮差点扭了脚。"

"好吧，"葛朗台看到娜侬脸色惨白，对她说，"既然今天是欧仁妮的生日，你又差点摔跤，喝一小杯黑茶藨花子酒压压惊吧。"

"当真，这杯酒是我挣来的，"娜侬说，"换了别人，会把瓶子摔碎，可是我宁愿摔断手臂，也要把瓶子举起来。"

"可怜的娜侬！"葛朗台一面给她斟酒一面说。

"你扭伤没有？"欧仁妮关心地望着她说。

"没有，我把腰一挺就站稳了。"

"好吧，既然今天是欧仁妮的生日，"葛朗台说，"我去替你们修踏板吧。你们这些人呀，就不知道踩在角上结实的地方吗？"

葛朗台拿走蜡烛，让妻子、女儿和女仆坐在除了壁炉里熊熊的火焰照亮以外没有其他亮光的黑暗之中，径自走到烤面包房去找木板、钉子和工具。

"要不要给您帮忙？"娜侬听到他在楼梯上敲打，向他喊道。

"不要！不要！这一套我在行。"老箍桶匠回答。

正当葛朗台亲自修理被虫蛀蚀的楼梯，大声吹着口哨，回忆起自己的年轻时代时，三个克吕绍来敲门了。

"是您来了，克吕绍先生？"娜侬透过小铁栅观看，问道。

"是我。"庭长回答。

娜侬打开了门，壁炉的火光映照到门洞下，让三个克吕绍能看出厅堂的入口。

"啊！你们是来祝贺生日的。"娜侬闻到花香，对他们说道。

"不好意思，各位，"葛朗台听出来客的声音，大声说，"我就来！不怕见笑，我亲自修理一下楼梯的一块踏板。"

"干吧，干吧，葛朗台先生。区区烧炭翁，在家也是市长。[①]"庭长说了句谚语，独自笑了起来，别人却不理解他的影射。

葛朗台太太和小姐站了起来。庭长利用黑暗，对欧仁妮说：

"小姐，今天是您的生日，请允许我祝您年年快乐，岁岁健康。"

他献上一大束索缪城罕见的鲜花，然后捏住女继承人的手肘，在她的脖子两边亲吻了一下，那种殷勤态度使欧仁妮十分羞赧。庭长活像一颗生锈的大钉子，以为这样是在求爱。

"别拘束，"葛朗台走进来说，"就像在平时过节一样，庭长先生。"

"不过，和令爱在一起，"克吕绍神父也准备好一束花，回答道，"我的侄子就像是天天过节呢。"

神父吻了吻欧仁妮的手。至于公证人克吕绍，则老实不客气地吻了姑娘的双颊，说道：

"真是岁月催人，一年十二个月又过去了。"

葛朗台把蜡烛放在挂钟面前，他要是觉得哪句笑话很逗，会不厌其烦地挂在嘴上。他说：

"既然是欧仁妮的生日，就来个大放光明吧！"

他小心翼翼地摘下枝形烛台的分支，在每个底座上安上小烛盘，从娜侬手里接过一支用纸卷着的新蜡烛，插进洞眼，固定好，点燃以后，走到妻子身边坐下，轮流打量他的来客、女儿和两支蜡烛。克吕绍神父矮小肥胖，脂肪饱绽，戴着扁平的红棕色假发，面孔像个嗜赌的老太婆，伸出穿着银搭扣的大皮鞋的双脚，说道：

[①] 这是一句谚语，说话人利用法语中"主人"（maître）与"市长"（maire）谐音，用"市长"代替"主人"（后半句话应为：在家也是主人），影射葛朗台在大革命时当过市长的经历。

"德·格拉散一家没有来吗?"

"还没有。"葛朗台说。

"他们该来了吧?"老公证人做了个鬼脸说,他的麻子脸像个漏勺。

"我想是的。"葛朗台太太回答。

"您的葡萄收完了吗?"德·蓬封庭长问葛朗台。

"统统收完了!"老葡萄园主说,站了起来,在厅堂里来回踱步,挺起胸膛,就像他说"统统收完了!"这句话一样扬扬得意。

大个子娜侬坐在炉火前,点着一支蜡烛,准备织麻,不参加节庆活动;葛朗台从通到厨房的过道门,看到了她。

"娜侬,"他走到过道里说,"灭掉炉火和蜡烛,跟我们在一起,好吗?没错!厅堂很大,我们都待得下。"

"可是,先生,您有贵客呀。"

"你同他们不一样吗?他们和你完全一样,都是用亚当的肋骨造出来的。"

葛朗台回到庭长跟前,对他说:

"您的收成都出手了吗?"

"没有,说实话,我还留着。眼下酒价固然很好,过两年还会更好。您很清楚,业主都发誓要坚持合适的价格,今年比利时人是战胜不了我们的。即使他们走了,嘿,他们还会回来。"

"是的,不过我们要坚持住。"葛朗台说,他的口气令庭长不寒而栗。

"难道他在谈交易?"克吕绍心想。

这当儿,一下门锤响宣告德·格拉散一家来到,打断了葛朗台太太和神父开始的谈话。

德·格拉散太太是一个活泼矮小的女人,胖乎乎的,皮肤白里透红,由于外省修道院般的饮食制和清心寡欲的生活习惯,四十岁还保持着青春。这样的女人犹如秋末的最后几朵玫瑰,看去令人赏心悦目，但是花瓣有种说不出的冷色，而且香味淡薄了。她穿着相当讲究，让人带来巴黎的时装，开了索缪城风气之先，并时常举行晚会。她的丈夫从前是帝国禁卫军的军需官，在奥斯特利兹战役①中受了重伤，现已退伍，虽然对葛朗台很尊敬，却保持着军人表面的坦率。

"您好，葛朗台。"他对葡萄园主说，一面伸出手去，装出一副高不可攀的气派，这往往压倒了克吕绍一家。他对葛朗台太太行过礼，对欧仁妮说："小姐，您总是这样外秀内慧，我真的不知道怎么祝愿您。"然后，他呈上仆人捧着的一个小匣子，里面是一株好望角的欧石南，这种花新近带到欧洲，非常稀罕。

德·格拉散太太十分亲热地抱吻了欧仁妮，握着她的手说：

"我的一点小礼品，让阿道尔夫代我献给您吧。"

一个高个金发的年轻人，脸色苍白，身子瘦弱，举止相当文雅，表面看来很腼腆，可是他到巴黎去学法律，刚花掉八千到一万法郎，还不算膳宿费。他向欧仁妮走来，抱吻她的双颊，奉上一只针线盒，里面的用具都是镀金的，盒盖上相当细致地刻着哥特体的"EG"②两个字母，能令人想到做工精巧，其实是真正的假货。欧仁妮打开一看，出乎意料，喜不自禁，这是使少女高兴得脸红、心跳、颤抖的快乐。她转过头望着父亲，仿佛想知道她能不能接受。葛朗台先生说了一句："收下吧，女儿！"那种语气能使一个演员闻名遐迩。这样贵重的礼物在女继承人看来似乎见所未见，三个克吕绍看到她投向阿道尔夫·德·格拉散的快活和激动的目光，一时目瞪口呆。德·格拉散先生给了葛朗台一撮鼻烟，自己也取了一撮，把系在蓝色上衣纽扣上面也沾着烟末的荣誉勋位绶带抖抖干净，然后望着三个克吕绍，那副神态好像说：

"我这一剑抵挡得了吗？"德·格拉散太太带着好嘲弄人的女子

---

① 奥斯特利兹战役：1805年12月2日，拿破仑在奥斯特利兹（位于捷克）击败奥俄联军。
② 即欧仁妮·葛朗台的起首两个字母。

装出来的真诚,像在寻找克吕绍一家的礼物,望了望插着他们送的花束的蓝色花瓶。在这种种的较量中,克吕绍神父丢下围坐在炉火前面的一伙人,和葛朗台走到厅堂的尽里。这两个老人来到离德·格拉散最远的窗洞下,神父凑在守财奴的耳畔说:

"这些人简直是把钱扔到窗外。"

"如果是扔到我的地窖里,那有什么关系呢?"葡萄园主反问道。

"您想给女儿几把金剪刀,也完全办得到。"神父说。

"我给她的比金剪刀还贵重。"葛朗台回答。

"我的侄子真是一个傻瓜①,"神父望着头发蓬乱、褐色的脸容又不讨人喜欢的庭长,心里思忖,"他就不能想出一点有价值的小玩意儿吗?"

"我们来陪您打牌吧,葛朗台太太。"德·格拉散太太说。

"大家全都来了,我们可以开两桌呢……"

"既然是欧仁妮的生日,你们来摸彩吧。"葛朗台老头说,"让两个孩子也参加。"老箍桶匠从来不赌博,他指着女儿和阿道尔夫。"来,娜侬,摆桌子。"

"我们来帮你,娜侬小姐。"德·格拉散太太兴致勃勃地说。她得到欧仁妮的欢心,喜形于色。

"我从来没有这样高兴过,"欧仁妮对她说,"我哪儿也没见过这样漂亮的东西。"

"这是阿道尔夫从巴黎带回来的,而且是他挑选的。"德·格拉散太太在她耳边说。

"得,得,你占先吧,诡计多端的坏女人!"庭长心里想,"如果你或者你丈夫打官司,那么你们绝对得不到好结果。"

公证人坐在角落里,平静地望着神父,心想:"德·格拉散一家是白费力气,我的财产,我兄弟的财产和我侄子的财产,总数达到

---

① 法语中"傻瓜"(cruche)和"克吕绍"(Cruchot)字形相近。

一百一十万法郎。德·格拉散一家至多有我们的一半，而且他们有一个女儿。他们愿意送什么就送什么！女继承人和礼物，有朝一日一切都会落在我们手里。"

晚上八点半，两张牌桌摆好了。漂亮的德·格拉散太太终于设法让儿子坐在欧仁妮旁边。这饶有趣味的一幕的上场人物虽然外表平淡无奇，手执有数字的五颜六色的纸牌和蓝色玻璃的筹码，仿佛听着老公证人的说笑话——他每抽一个号码总要发表一个见解，但是都惦记着葛朗台先生的几百万家产。老箍桶匠自负地端详着德·格拉散太太帽子上的红色羽毛和新潮的打扮，银行家气势逼人的脑袋，阿道尔夫的头，庭长，神父，公证人，心中寻思：

"他们都是冲着我的钱来的。他们为了得到我的女儿，到这儿来活受罪。嘿！我的女儿哪一方都不给，所有这些人都只用作我捕鱼的渔叉！"

在这间只有两支蜡烛照明的灰暗的旧厅堂里，居然也有家庭的欢乐；在大个子娜侬的纺车声伴奏的这些笑声中，只有欧仁妮或她母亲的笑声是真诚的；狭隘的心胸想的是如此重大的利益；这个姑娘受到奉承、包围，她以为他们的情意都是真心实意的，活像标了高价出售的小鸟。这一切促成这个场面喜中有悲。难道这不是古往今来到处都在搬演的场面吗？只不过这里表现得最简单明白罢了。葛朗台利用两家的虚情假意，占足便宜，他的形象主宰着和阐明了这出惨剧。他难道不是人们信仰的唯一现代神祇吗？难道不是在一个人的身上体现了万能的金钱吗？生活的柔情只在那里占据次要位置，只激动娜侬、欧仁妮和她母亲这三个人的心。再说，她们的天真中包含了多少无知！欧仁妮和她母亲对葛朗台的财产一无所知，她们只凭模糊的观念去看待生活中的事物，对金钱既不看重，也不看轻，习惯于用不着花钱。她们的情感虽然不知不觉受到伤害，却仍然不变，这是它们存在的秘密，使她们在这一群纯粹追求物质生活的人中成为有趣的例外。人类的处境多么可怕啊！没有一种幸福不是在糊里糊涂中得来的。

葛朗台太太中了十六苏的彩，在这个厅堂里，这是押中的最大的彩，大个子娜侬看到太太把这一大笔钱放进口袋，高兴得笑逐颜开。这当儿，大门口响起了门锤的撞击声，响声那么大，把太太们吓得从椅子上跳起来。

"这样敲门的不是本地人。"公证人说。

"哪有这样敲门的，"娜侬说，"想把门砸破吗？"

"是哪个混账东西？"葛朗台大声说。

娜侬拿起两支蜡烛中的一支，走去开门，葛朗台跟随在后。

"葛朗台，葛朗台。"他的妻子叫道。她朦朦胧胧地有点害怕，也向门口追去。

牌桌上的人面面相觑。

"我们要不要也去看看？"德·格拉散先生说，"这样敲门似乎来意不善。"

德·格拉散先生隐约看到一个年轻人的脸，后面跟着一个驿站的脚夫，扛着两个大箱子，拖着几个旅行袋。葛朗台突然回过头来对妻子说：

"太太，去玩你的牌戏吧。让我来同这位先生打交道。"

说完他便赶紧把厅堂的门拉上，骚动的玩牌的人回到原位，但是没有继续玩牌。德·格拉散太太问她丈夫：

"是不是索缪城的人？"

"不，是外地来的。"

"只能是从巴黎来的。"公证人掏出一只两指厚、形状像荷兰战舰的老怀表，看了看说，"果然不错，九点整。该死！长途驿车从来不误点。"

"这位先生年轻吗？"克吕绍神父问。

"是的。"德·格拉散先生回答，"他带来行李，至少应有三百公斤。"

"娜侬没有进厅堂来。"

"只能是你们的一个亲戚。"庭长说。

"我们下注吧,"葛朗台太太柔声地说,"听葛朗台的声音,我觉出他很不高兴,他看到我们谈论他的事情,也许会不乐意的。"

"小姐,"阿道尔夫对身旁的欧仁妮说,"一定是您的堂弟葛朗台,一个十分英俊的年轻人,我在德·纽沁根先生的舞会上见过他。"

阿道尔夫没有再说下去,他的母亲在他脚上踩了一下,大声要他下两个苏的注,又凑在他耳边说:

"闭嘴,你这个大傻瓜!"

这时,葛朗台回来了,但不见大个子娜侬,她和脚夫的脚步声在楼梯上噔噔地响;葛朗台后面跟着那位外地来的客人。刚才他激起了那么多的好奇,那么强烈地吸引大家的想象,他来到这个家,落在这些人中间,恰如一只蜗牛掉进了蜂巢,或者是一只孔雀被引进乡下幽暗的家禽饲养棚。

"坐到炉火边来吧。"葛朗台对他说。

年轻来客就座之前,对在场的人十分优雅地鞠了个躬。男客们起身还礼,那些女的过于客套地行了个屈膝礼。

"您大概感觉冷吧,先生。"葛朗台太太说,"您大约来自……"

"真是娘们!"老葡萄园主手里拿着一封信,停下看信,说道,"让这位先生歇口气吧。"

"可是父亲,这位先生也许需要什么。"欧仁妮说。

"他有舌头。"葡萄园主厉声回答。

只有陌生人对这个场面感到惊奇。其他人对老头的专横霸道早已习以为常。不过,陌生人听到这一问一答,站了起来,背对炉火,提起一只脚,烘烤靴底。他对欧仁妮说:"堂姐,谢谢您,我在图尔吃过晚饭了。"他望着葛朗台,补上一句,"我什么也不需要,我甚至一点也不累。"

"先生是从京城来的吧?"德·格拉散太太问道。

沙尔(巴黎的葛朗台先生之子是这样称呼的)听到有人问他,便

举起用根链子挂在脖子上的单片眼镜,搁在右眼上,观察桌上的东西和坐在桌旁的人,肆无忌惮地打量德·格拉散太太,把一切都看清楚后,才对她说:

"是的,太太。你们在玩牌戏,伯母,"他加上一句,"请继续玩吧,太有趣了,停不下来啊……"

"我早就拿稳了,这是那位堂弟。"德·格拉散太太思忖,一面向他做了几个媚眼。

"四十七,"老神父叫道,"德·格拉散太太,记分呀,这不是您的号码吗?"

德·格拉散先生在他妻子的纸板上放上一个筹码。她有不祥的预感,轮流观察这位从巴黎来的堂弟和欧仁妮,忘记了摸彩。年轻的女继承人不时地偷偷看几眼她的堂弟,银行家的妻子轻易地就能发现这目光中有渐强的惊讶和好奇。

沙尔·葛朗台先生是个二十二岁的俊俏后生,这时和那些地道的外省人形成奇特的对照;他的贵族举止足以引起他们的敌意,人人都在琢磨怎样嘲弄他。这需要作一番解释。

二十二岁的年轻人还很接近童年,免不了有孩子气。因此,他们一百个人当中,也许有九十九个会同沙尔·葛朗台一样行事。此前几天,他的父亲叫他到索缪的伯父家住几个月。或许巴黎的葛朗台先生想到了欧仁妮。沙尔头一回来到外省,很想露一手时髦青年的派头,摆摆阔气,让外省人自叹弗如,便把巴黎生活的新玩意儿带了过去。归根结底一句话,他想在索缪比在巴黎花更多的时间刷指甲,在衣着方面不惮讲究,不像有的时候一个风流少年故意不修边幅,倒也不乏潇洒。因此,沙尔带来了巴黎最漂亮的猎装,最漂亮的猎枪,最漂亮的猎刀,最漂亮的刀鞘。他带来了一件件做工极其精细的背心:有灰的、白的、黑的、金龟子色的、闪金光的、用闪光片装饰的、花色条纹的、重叠襟的、大开领的、直领的、翻领的,纽扣一直扣到脖子的、金纽扣的。他带来了当时流行的各种各样硬领和领带。他带来了两件布伊松①制作的衣服和最精细的内衣。他带来了母亲给他的一套漂亮的纯金梳妆用具。他带来了花花公子的小饰物，没有忘记至少是他认为最可爱的女人送给他的漂亮文具盒；这个贵妇，他称为安奈特，正陪着丈夫在苏格兰旅游，心中却很烦闷，由于受到怀疑，不得不暂时牺牲自己的幸福。然后是极其漂亮的信笺，以便每隔半个月给她写一封信。总之，这是尽可能齐全的、巴黎浮华生活的全套货色，从决斗开场时使用的马鞭，一直到决斗结束时使用的镂刻精美的手枪，一个游手好闲的青年打发日子必备的工具一应俱全。父亲嘱咐他独自轻装出门，他是定了一辆驿站双座马车来的，很高兴不用糟蹋那辆定制的舒适的旅游马车，这是为了用来明年六月到巴登②温泉和贵妇安奈特相会的。

　　沙尔预料在伯父家会遇到上百个客人，在伯父的森林里围猎，领略一下古堡生活；他到索缪城打听葛朗台，只是为了问去弗罗瓦封的路；等他知道伯父就住在城里，便以为他住的是一座广厦大宅。无论是索缪还是弗罗瓦封，初次到伯父家总得体面一点，他便穿上最雅致的，最简朴又最讲究的，用当时人们形容一个人或一件东西尽善尽美的话来说，就是最可爱的旅行装束。在路过图尔时，一个理发师给他重新卷过他美丽的栗色头发；他换过内衣，系上一条黑缎领带，配上圆领，使他那张笑容满面的小白脸衬托得招人喜爱。一件旅行外套，纽扣只扣了一半，束紧腰身，露出一件圆领羊绒背心，里面还有一件白背心。他的怀表随便塞在一只口袋里，一条短短的金表链系在一个纽孔上。他的灰色长裤纽扣设在两边，黑丝线绣的图案装饰着缝线。他优雅地挥动手杖，镂花的球形黄金杖头丝毫没有改变灰色手套的新鲜感。末了，他的鸭舌帽品位高雅。一个巴黎人，一个最高层的巴黎人，才能这样打扮而不显得可笑，使所有这些无聊的装饰搭配得和谐

---

① 布伊松：当时的裁缝，1819年在巴黎开店，巴尔扎克欠他钱，因而有人认为把他写进小说是给他做广告，以此来抵债，但巴尔扎克将真人写进小说也是为了显得更真实。

② 巴登：这里指奥地利的巴登，有著名的温泉。

而又能自鸣得意,再说,还有勇敢的神态,一个拥有漂亮的手枪、百发百中的枪法和美妇人安奈特的年轻人的神态,作为后盾支持。

现在,如果您真想了解索缪人和巴黎青年彼此感到的惊讶,想看清这位风度翩翩的来客在这灰暗的厅堂里投射的强烈光彩,想看清构成这幅家庭画面的人物,那就请竭力设想一下克吕绍一家的模样。这三个人都在吸鼻烟,早就不在乎淌鼻涕,也不在乎玷污皱褶发黄的棕色的翻领衬衫的襟饰。软绵绵的领带一系上脖子就扭成一根绳子。数不胜数的内衣使他们只需半年洗一次,让内衣留在柜底,日子一久就印上了灰暗、老旧的颜色。在他们身上,邋遢和衰老和谐地结合。他们的面孔像他们磨损的衣服一样憔悴,像他们的裤子一样全是褶裥,容貌枯槁、干瘪,一副鬼脸相。

其余人的衣着也一律马马虎虎,完全不配套,一点不光鲜,就像外省人的衣着那样。大家不知不觉都不再关心衣服要穿给别人看,而留意一副手套的价格;这种马虎和克吕绍一家的无忧无虑十分协调。唯有讨厌时装这一点是格拉散和克吕绍两派完全一致的。巴黎人拿起单片眼镜,观察厅堂的古怪陈设、天花板的梁木、护墙板的色调,以及苍蝇在墙板沾上的污点,其数目多得足以标点《实用百科全书》①和《箴言报》。那些在玩摸彩牌戏的人马上抬起头来,带着对一头长颈鹿表示出来的好奇心打量他。德·格拉散先生和他的儿子,虽然也见过时髦人物,但也跟牌桌上的人感到一样的惊奇,要么他们感受到众人情绪无以名状的影响,要么他们通过充满嘲讽的眼神表示赞同,对他们的同乡说:"巴黎人就是这种德行!"

再说,他们可以随意观察沙尔,不用担心让主人不高兴。葛朗台正全神贯注地看手里的长信;为了看信,他拿走了桌上唯一的一支蜡烛,顾不上他的客人和他们的乐趣。欧仁妮从未见过衣着和长相这样完美的男子,以为她的堂弟是从什么仙境降落下来的人物。她愉快

---

① 《实用百科全书》有166卷。

地闻到了从他闪闪发亮和优雅地卷曲的头发里散发出来的阵阵清香。她多想抚摩这双漂亮精致的白皮手套啊。她羡慕沙尔的小手、他的肤色、他的娇嫩与细洁的容貌。总之,这个风流公子给无知的姑娘的印象可以概括成如此。她不停地专心织补袜子,缝补父亲的衣服,她的生活在这些污秽的护墙板下面度过,在这条静悄悄的街上一小时也见不到一个行人。看到这个堂弟,在她心里涌起了柔情蜜意,宛如一个年轻人在英国画册上看到威斯托尔①的绘画或者是芬登兄弟②手法灵活地刻制的版画上千娇百媚的女人,以至令人担心,在仿羊皮纸上吹一口气,就会把这些天仙吹走。

沙尔从兜里掏出一块由那个在苏格兰旅游的贵妇刺绣的手帕。看到这件为爱情做出牺牲,花上几小时情意绵绵地完成的漂亮作品,欧仁妮望着她的堂弟,想知道他是不是真的使用它。沙尔的举止,他的动作,他手持单片眼镜的方式,他的故作傲慢,他对刚才使富有的女继承人多么喜欢的针线盒的不屑一顾——他显然感到这只盒子毫无价值,俗不可耐。总之,凡是克吕绍一家和德·格拉散一家反感的东西,都令她那样喜欢,以至睡觉之前,她不得不久久地想着这个不同寻常的堂兄弟。

摸彩号码抽得非常慢,不久停下来了。大个子娜侬走进来高声说:

"太太,得给我床单和毯子,让我替这位先生铺床。"

葛朗台太太跟着娜侬走了。德·格拉散太太于是低声说:

"我们把钱收起来,歇了吧。"

每个人从缺角的旧碟子里收起当赌注的两苏。随后大家一起挪动,来到炉火旁,聊了一会儿。

"你们不玩了?"葛朗台说,仍然在看信。

"是的,是的。"德·格拉散太太回答,一面走过去坐在沙尔旁边。

---

① 威斯托尔(1765—1836):英国名画家。
② 芬登兄弟:威廉·芬登(1787—1852),英国雕刻家,他的兄弟爱德华(1791—1857)和他一起工作。

欧仁妮像情窦初开的少女，心中萌生出一个想法。她离开厅堂，去帮助母亲和娜侬。如果她受到一个灵巧的听忏悔神甫的诘问，她准会向他承认，她既不想她母亲，也不想娜侬，她是受到一股揪心的愿望的驱使，去照料她的堂弟，放上哪怕一点什么，以防有所遗忘，预先考虑到一切，尽可能使他的房间收拾得典雅而又干净。欧仁妮已经自以为只有她才理解她的堂弟的趣味和想法。果然，她来得正是时候。她及时告诉以为一切准备就绪而返回来的母亲和娜侬，一切还得安排一下。她提醒娜侬弄一点炭火来，用暖床炉把被窝烘热，并亲自在旧桌上铺上一块小桌布，吩咐娜侬每天早上要换桌布。她说服母亲把壁炉的火生得旺旺的，要娜侬瞒着她父亲，搬上来一大堆木柴，放在走廊里。她跑到厅堂去，在一个墙角柜里找出已故的德·拉贝泰利埃尔老先生留下的一个旧漆盘，还拿了一只六角水晶杯、一只镀金褪尽的小汤匙和一个雕刻着几个爱情小天使的古瓶，得意扬扬地统统放在壁炉的一角。她这一刻钟里想出的主意，比出世以来有过的主意还要多。

"妈妈，"她说，"堂弟准定受不了蜡烛气味，我们去买白蜡烛好吗？……"说完她便像一只小鸟似的轻盈地跑去从她的钱袋里拿出当月五法郎的零花钱。

"拿去，娜侬，快去。"

"但是，你父亲会说什么？"葛朗台太太看到女儿拿着葛朗台从弗罗瓦封古堡带回来的塞夫勒①古瓷的糖罐，便厉声阻止说，"再说，你到哪儿去弄到糖呢？你疯了吗？"

"妈妈，娜侬可以去买蜡烛，也可以去买糖呀。"

"可是你父亲会怎么说呢？"

"他的侄儿连一杯水也喝不上，这得体吗？再说，他不会注意的。"

"你父亲心明眼亮。"葛朗台太太摇摇头说。

---

① 塞夫勒：法国西部省份，盛产瓷器。

娜侬迟疑不定,她了解主人的脾气。

"倒是去呀,娜侬,因为今天是我的生日!"

娜侬头一回听到她的小主人说笑话,不禁咯咯地笑出来,照她的吩咐去做了。

正当欧仁妮和她的母亲想方设法把葛朗台安排给侄儿的房间布置得漂亮一些时,沙尔成为德·格拉散太太进攻的对象,她在挑逗他。

"您真有勇气呀,先生,"她对他说,"冬天不在京城里寻欢作乐,而住到索缪来。不过,如果我们不让您觉得太可怕的话,您会看到,在这儿还是可以玩一玩的。"

她向他做了一个外省味十足的媚眼;外省女人平时眼神十分拘谨和审慎,反而传达出贪婪的欲念,那是把一切娱乐看作偷盗或者罪过的教士所特有的眼神。沙尔在这个厅堂里感到很不习惯,他原以为伯父住在宽大的古堡里,生活奢华,眼下所见相差太远。他仔细观察过德·格拉散太太以后,终于发觉她还有巴黎妇女朦胧不清的影像。他听出话中有一种对他的邀请,便客气地回答,自然而然谈起话来。格拉散太太压低声音,以便和她的体己话相配合。她和沙尔之间都同样需要信任。因此,经过一阵调情和严肃的交谈之后,这位手腕高明的外省女子,趁其他人热衷于谈论凡是索缪人都关心的葡萄酒行情,不会被人听到,对他说道:

"先生,要是您肯赏光到舍下,我丈夫和我准定都会高兴。在索缪,只有我家的沙龙才是商界巨头和名门贵胄聚会之地:我们属于这两个阶层,他们只愿意在我家相聚,因为可以玩得尽兴。我可以自豪地说,我的丈夫受到这两方面人的同样敬重。这样,您在这儿逗留,我们会尽力为您消愁解闷。要是您待在葛朗台先生家里,天哪,您可得闷死了!您的伯父是个守财奴,心里只有他的曲枝压条法繁殖的葡萄枝,您的伯母是个虔诚的教徒,都不知道把两种想法连接在一起,而您的堂姐是个小傻瓜,没有受过教育,平庸粗俗,没有陪嫁,整天在缝补破衣烂衫。"

"这个女人很不错。"沙尔·葛朗台一面回答德·格拉散太太的献媚,一面心想。

"我看,太太,你想把这位先生独占了。"高大肥胖的银行家笑着说。

听到这句评语,公证人和庭长说了几句挖苦的话;而神父狡狯地望了他们一眼,吸了一撮鼻烟,拿着鼻烟壶向在座的人让一让,把大家的想法归纳起来说:

"谁能比得上德·格拉散太太,能尽索缪城的地主之谊呢?"

"哎哟,神父先生,您这话是什么意思?"德·格拉散先生问道。

"先生,我这句话对您,对尊夫人,对索缪城,对这位先生,都是一片真心的好意。"狡黠的老头边说边转向沙尔。

克吕绍神父似乎一点没有注意沙尔和德·格拉散太太的谈话,其实已经猜测到内容。

"先生,"阿道尔夫终于装出很随便的样子,对沙尔说,"我不知道您是不是还对我保留一点印象;我曾有幸在纽沁根男爵先生举行的舞会上和您见过一面,并且……"

"完全记得,先生,完全记得。"沙尔回答,很惊讶自己成了人人注意的对象。

"这位先生是您的公子吗?"他问德·格拉散太太。

神父狡猾地望着这位母亲。

"是的,先生。"她说。

"那么您很年轻就到过巴黎了?"沙尔又对阿道尔夫说。

"有什么办法呢,先生,"神父说,"只要孩子一断奶,我们就把他们送到巴比伦[①]去。"

---

① 巴比伦:美索不达米亚地区的古城,离巴格达一百六十公里,意为天堂之门,1899年才被挖掘出来。

  德·格拉散太太向神父投去含有深意的一瞥,表示质问。他接着说:

  "只有到外省,才能找到像德·格拉散太太这样三十多岁的女人,儿子都快法科毕业了,自己仍然这么娇嫩。太太,当年在舞会上,那些男女青年站在椅子上看您跳舞的情景,还历历在目呢。"神父朝他的女对手回过身来,又说,"对我来说,您的成功恍如隔日……"

  "噢!这个老坏蛋!"德·格拉散太太想道,"难道他会猜到我的计策吗?"

  "看来我会在索缪大出风头呢。"沙尔边想边解开外套的纽扣,将手插进背心,眼睛望着空中,模仿钱特雷①雕塑的拜伦勋爵的姿势。

---

① 钱特雷(1781—1841):英国雕刻家。

葛朗台老头不理会众人，或者不如说他看信的聚精会神，没有逃过公证人和庭长的眼睛。他们力图通过这时被蜡烛照得透亮的老头脸上难以觉察的表情，猜到信的内容。葡萄园主很难保持平时面容的平静。再说，在看下面这封要命的信时，人人都能想象到老头能装出怎样的表情：

大哥，我们快有二十三年没见面了。最后一次见面是在我结婚的时候，然后我们高兴地分手了。当然，我不会预料到，有朝一日你是这个家庭的唯一支柱，那时，你对我家业兴旺满心喜欢。当你手里拿着这封信的时候，我已经不在人世了。以我眼下的地位，我不愿在遭受破产的耻辱之后苟且偷生。我在深渊边缘挣扎到最后一刻，总是希望能一息尚存，但只得掉下深渊。我的经纪人和我的公证人罗甘双双破产，卷走了我最后的资金，一点没给我剩下。我欠下将近四百万法郎，却只能还四分之一，真是悲哀。你们今年丰收，酒质又好，使我库存的酒价格惨跌。三天之后，巴黎人会说："葛朗台先生原来是个骗子！"我一生诚实，死后却要遭此羞辱。我夺走了儿子的荣誉，玷污了他的名

字,也夺走了他母亲的财产。我心爱的不幸的孩子,对此一无所知。我们依依不舍地分别,幸亏他不知道,我生命的最后激情倾注在这诀别之中。有朝一日他会诅咒我吗?大哥,大哥,儿女的诅咒是可怕的;他们可以求我们责骂,而他们的责骂是无可挽回的。葛朗台,你是我的长兄,你应当庇护我,不要让沙尔在我的墓前说任何怨恨的话!大哥,即使我用血和泪写这封信给你,在这封信里我也放不下那么多的痛苦;因为如果我可以痛哭,我可以流血,我可以死去,我便不再痛苦了;而我现在很痛苦,面对着死,一滴眼泪也没有。你现在是沙尔的父亲了!他没有母亲方面的亲戚,你知道是什么缘故。为什么我没有顺从社会偏见呢?为什么我向爱情让步呢?为什么我娶了一个大贵族的私生女呢?沙尔再没有家庭了。噢,我不幸的儿子!我的儿子!听着,葛朗台,我没有来为自己恳求你;再说,你的财产也许还不足以抵押三百万法郎;但我是为了儿子才来恳求你!要知道,大哥,我是合十双手向你哀求的。葛朗台,我在临死之前将沙尔托付给你了。想到你会当他的父亲,我终于看着手枪而毫无痛苦了。沙尔很爱我。我对他非常好,百依百顺。他不会诅咒我的。再说,你会看到,他很柔顺,像他母亲,决不会给你烦恼。可怜的孩子!他习惯了奢华的享受,从来没有经历过我们俩小时候的缺吃少穿……眼下他破产了,孑然一身。是的,他所有的朋友都要回避他,是我造成了他的屈辱。啊!我真希望我的手臂有足够的力气,一下子把他送到天上他母亲那儿去。我真是发疯了!我还是回到我和沙尔的苦难上来吧。因此,我把他送到你那儿去,让你将我的死讯和他未来的命运用适当的方式告诉他。做他的父亲吧,不过要做一个好父亲。不要让他一下子脱离悠闲的生活,这样会要他的命。我跪下来恳求他放弃他母亲留给他的遗产,而不要向我讨债。不过,这是一个多余的请求。他有荣誉感,会觉得不应站到我的债权人一边。让他在有效期内放弃对我财产的继承权。①请你向他透露我给他造成生活艰难处境的原因;如果他对我保留孝心,请代我告诉他,他的前途没有完全绝望。是的,我们俩当初都是靠干活自救的,干活可以把我败光的财产挣回来;如果他愿意倾听他父亲的话,我真想从坟墓里爬出来对他说,远走高飞,到印度去!大哥,沙尔是一个诚实而勇敢的青年:你可以给他一批货,他宁死也不会赖掉你借给他的第一笔资金;你一定要借给他,葛朗台,否则你会愧疚的。啊!如果我的孩子在你那里得不到帮助和怜爱,我会请求天主惩罚你的冷酷心肠。如果我能抢救出一部分资金,我就有权在他母亲的财产中给他留出一笔钱;但是,月底的支出把我全部资金都用光了。在我的孩子前途未卜时,我本来是不想死的;我真想握着你的手,焐热我的心,听到神圣的诺言;可是时间来不及了。在沙尔上路的时候,我不得不造出资产负债表。我竭力证明,我做买卖一贯诚实,即使失败了也没有过错和不诚实。这不是为沙尔着想吗?永别了,大哥。我把我儿子托付给你,你会慨然接受的,这一点我不怀疑。愿天主赐福与你。我们总有一天都要到那个世界去,我已经在那儿了;那儿不断有个声音为你祈祷。

维克托-纪尧姆·葛朗台

葛朗台按原来的折痕把信准确地折好,放在背心口袋里,说了一句:"你们在聊天吗?"他用谦和、担心的神态望了侄子一眼,掩藏住自己的激动和盘算,问道:

"你暖和过来了吗?"

"暖和过来了,亲爱的伯父。"

"咦,娘们都在哪儿?"他已经忘了他的侄儿要住在他家。

---

① 法律规定,放弃遗产继承可以不负前人债务的责任。

这时，欧仁妮和葛朗台太太回来了。

"楼上都安排好了吗？"老头恢复了平静，这样问她们。

"是的，父亲。"

"那么，侄儿，如果你累了，娜侬会带你到你的房间去。当然喽，这不是公子哥儿住的房间！请原谅一个子儿也没有的穷苦葡萄农。捐税把我们都刮光了。"

"我们不想打搅了，葛朗台。"银行家说，"您跟令侄有话要谈，晚安，明天见。"

听到这几句话，大家都站起来，按照各自的性格行礼。老公证人走到门洞下去找他的灯笼，过来点着，向德·格拉散一家提议，送他们回家。德·格拉散太太没有料到突发事件，使晚会提前散了，她的仆人还没来接他们。

"太太，肯不肯赏光让我搀着您走？"克吕绍神父对德·格拉散太太说。

"谢谢，神父先生。我有儿子呢。"她冷冷地回答。

"太太们跟我一起走不会损害名声。"神父说。

"就让克吕绍先生搀着你吧。"她的丈夫对她说。

神父搀着美丽的太太，相当轻快地走在这队人前面几步。

"这个年轻人很不错呀，太太。"他对她说，一面搂紧她的手臂，"葡萄摘完，笋筐拜拜！您该对葛朗台小姐说声再见了，欧仁妮是那个巴黎人的啦。除非这个堂弟爱上了一个巴黎女子，您的儿子阿道尔夫在他身上遇到的敌手是最……"

"您就别管了，神父先生。这个年轻人很快就会发现，欧仁妮是一个蠢婆娘，一点不娇嫩。您观察过她吗？今晚，她的脸蜡黄。"

"也许您已经向那个堂弟指出了吧？"

"这样说我并不为难……"

"太太，您以后就坐在欧仁妮旁边，您用不着对这个年轻人多说他堂姐什么坏话，他自己会比较的……"

"首先,他已经答应我后天到我家吃晚饭。"

"啊!如果您愿意,太太。"神父说。

"神父先生,愿意什么?您的意思是要给我出坏主意?我已经清清白白地活到三十九岁,谢天谢地,总不成再损害我的名声吧,哪怕是送我一个莫卧儿帝国①。你我都一把年纪了,说话该有分寸。作为神职人员,您确实有些与身份不相称的念头。呸!堪与《福布拉斯》②媲美。"

"那么,您看过《福布拉斯》了?"

"没有,神父先生,我想说的是《危险的关系》③。"

"啊!这部书不知正经多少倍,"神父笑道,"您把我看得像现在的青年一样道德败坏!我只不过想……"

---

① 莫卧儿帝国:16世纪初在印度北部形成的伊斯兰国家。
② 该书全名是《福布拉斯骑士的爱情》,作者是卢维·德·库弗雷,是18世纪的一部流行小说。
③ 《危险的关系》是18世纪作家拉克洛(1741—1803)的书信体小说,揭露贵族的荒淫无耻。

"您敢说您不是想给我出坏点子?这不是明摆着的吗?这个年轻人不错,我承认,如果他追求我,他自然不会想到他的堂姐。在巴黎,我知道,有些好心的妈妈为了儿女的幸福和财产,不惜自我献身;可是我们是在外省呀,神父先生。"

"是的,太太。"

"而且,"她又说,"我不愿意,阿道尔夫也不愿意用这种代价来换取一亿的财产。"

"太太,我根本没有提到一亿。诱惑也许超过你我的抵御力量。只不过,我相信,一个清白的女人,只要诚心诚意,无伤大雅地调调情也未尝不可;在社交场合,调情也是她的责任,而且……"

"您这样认为?"

"太太,难道我们不应当尽量讨对方喜欢吗……对不起,我要擤一下鼻子。我向您保证,太太,"他接下去说,"他拿单片眼镜看您时要比看我时神态更巴结一点;不过,我原谅他爱美胜过敬老……"

"很明显,"庭长用他的粗嗓门说,"巴黎的葛朗台先生把他的儿子送到索缪,完全是为了婚姻大事……"

"可是,这位堂弟也不至于来得这样突然呀。"公证人回答。

"这不能说明什么,"德·格拉散先生说,"老头子做事一向故弄玄虚。"

"德·格拉散,我的朋友,我已经邀请这个年轻人来吃晚饭了。你得去邀请德·拉索尼埃尔夫妇和杜奥图瓦一家,当然还有漂亮的杜奥图瓦小姐;但愿她那一天打扮得漂漂亮亮!她母亲出于嫉妒,把她打扮得那么难看!"她让这队人停下来,转身对着两位克吕绍,又说,"两位先生,我希望你们也光临。"

"您到家了,太太。"公证人说。

三位克吕绍向德·格拉散一家三人致意告别,然后回家,一面运用外省人擅长的分析才能,从各个角度研究当晚发生的大事,这件事改变了克吕绍和德·格拉散两派的相互立场。他们是工于心计的人,处世行事头脑精明，感到彼此需要暂时联合起来，对付共同的敌人。他们不是应该互相配合，阻止欧仁妮爱上她的堂弟，并且不让沙尔去打他堂姐的主意吗？他们要用阴险的含沙射影、花言巧语的中伤、充满恭维的诋毁、装作天真的否认，包围巴黎人，他能抵挡住，不被欺骗吗？

当只剩下四个亲属待在厅堂里的时候，葛朗台先生对他的侄儿说：

"该睡觉了。时间太晚，不能再谈让你赶到这儿来的事了，明儿我们挑个合适的时间吧。我们这儿八点吃早饭；中午，我们吃面包和水果，喝一杯白葡萄酒；然后，和巴黎人一样，五点吃晚饭。这是我们的规矩。如果你想到城里城外看看，悉听自便。我事务缠身，不能总是陪着你，请你包涵。也许你在这儿听到有人对你说，我很有钱：这儿是葛朗台先生的，那儿是葛朗台先生的。我让他们说去，他们的闲言碎语丝毫损害不了我的信誉。但是我没有钱，我到了这把年纪仍然像一个小伙子那样干活，全部家当只有一只蹩脚滚刨和一双结实的手臂。也许你不久便会明白，挣钱要流汗。喂，娜侬，蜡烛呢？"

"侄儿，我希望你房间里要用的东西一应俱全，"葛朗台太太说，"如果你缺少东西，你可以叫娜侬。"

"亲爱的伯母，不必麻烦了，我相信我的东西都带全了！祝你们晚安，也祝堂姐晚安。"

沙尔从娜侬的手里接过一支点燃的蜡烛。安茹产的白蜡烛，在铺子里放久了，颜色发黄，和黄蜡烛差不多，葛朗台不会想到家里有这种蜡烛，所以没有发觉这件奢侈品。

"我来给你带路。"老头说。

葛朗台没有从通向拱顶的厅堂门出去，而是出于礼节，穿过隔开厅堂和厨房的那条走道。一扇镶嵌着大块椭圆形玻璃的门，封闭着楼梯那边的过道，挡住冷风吹进来。但是在冬天，虽然厅堂的几扇门都有防风布帘，北风依然呼呼地吹进来，室内很难保持适当的温度。

娜侬去闩上大门，关好厅堂的门，从马厩里放出一条狼狗。它的吠声沙哑,仿佛患了喉炎。这头畜生凶恶异常,只认得娜侬。这两个来自田野的家伙互相沟通。沙尔看到楼梯间的墙壁被烟熏得发黄,扶手上全是蛀洞,楼梯在他伯父沉重的脚步下颤动,他的美梦越来越幻灭了。他以为来到一个鸡棚。他回过身去看伯母和堂姐的脸色,而她们早已习惯这座楼梯,猜不透他惊讶的原因,以为这是友好的表示,报以莞尔一笑,使他感到失望,他心想:

"父亲把我送到这儿来干什么?真见鬼了!"

来到二楼的楼梯口平台上,他看见涂上意大利红漆的三扇门,没有门框,嵌在满是尘土的墙上,上面用螺栓固定的铁条加固,铁条末端呈火舌形,就像长锁眼的两端。正对着楼梯口的那扇门位于厨房上面,门后的房间显然用墙堵死了,只能从葛朗台的卧房进去,这个房间用作他的密室。它取光的唯一窗户朝向院子,装着粗铁条的栅栏来保护。任何人,即使葛朗台太太,都不能进去,老头独自待在里面,如同炼金术士守着炼金炉子一样。这儿,无疑十分巧妙地安设了几个密窟;这儿,藏着房契田契;这儿,挂着称金币的天平。在这儿,他于夜深人静时开单据,写收条,作盘算;以至生意人总是看到他一切准备停当,以为有鬼神供他差遣。当娜侬的鼾声震动楼板,狼狗在院子里守夜和打哈欠,葛朗台母女沉入梦乡时,老箍桶匠在这儿对着金子疼爱、抚摩、凝视,消受迷醉,然后装进桶里。墙壁很厚,活动遮板很严密。只有他一人有密室钥匙,据说,他在这儿查阅图纸,上面注明每棵树的位置;他计算收成,误差不超过一棵压枝葡萄或者一捆葡萄枝。

欧仁妮的房间面对这扇堵死的门。楼梯平台尽头是两夫妇的套房,占据了整个前楼。葛朗台太太的房间和欧仁妮的房间是相连的,可以从一扇玻璃门进入女儿的房间。男主人的房间和他妻子的房间用一道板壁隔开,和他神秘的密室则用一堵厚墙分隔。葛朗台老头将侄儿安顿在三楼他房间上面高高的阁楼里,要是侄儿一时兴起,在房间里走动,他可以听得到。当欧仁妮和她母亲来到楼梯平台的走道中间

时,她们互相抱吻,道过晚安;然后她们对沙尔道别,回到自己房间;姑娘嘴上说得很平淡,心里却是热乎乎的。

"侄儿,这就是你的房间。"葛朗台老头打开房门,对沙尔说,"如果你需要出去,你就叫娜侬。没有她,对不起,狗会不打招呼就把你吃掉。睡个好觉吧。晚安。"他加上一句,"哈!哈!这些太太已经给你生了炉火。"

这时,大个子娜侬拿着长柄暖床炉进来了。

"又来了一个,"葛朗台先生说,"你们把我侄儿当成产妇吗?把长柄暖床炉拿走,娜侬。"

"可是,先生,床单是潮的,这位先生娇嫩得像个女人。"

"好吧,既然你想讨好他,"葛朗台推了一下她的肩膀,说道,"不过,小心着火。"

然后,吝啬鬼下楼去了,一面咕哝着听不清的话。

沙尔站在自己的箱子中间愣住了。他扫视过这个阁楼房间:墙上贴着乡村酒店那种有一簇簇花的发黄壁纸;带沟槽的硬石灰石砌成的壁炉,望一眼便令人发冷;几把黄色木椅,用秆茎做成的垫子涂过漆,似乎不止四只角;床头柜开着,里面容得下一个矮个兵[①];有顶的床前放一块粗布条编的薄薄的脚垫,满是蛀洞、垂落而下的帐幔仿佛快要挂不住了。然后,他严肃地望着娜侬,对她说:

"喂,大妈,这真是葛朗台先生的家吗?他当真当过索缪的市长,果真是巴黎的葛朗台先生的哥哥吗?"

"是的,先生,您是在一个多么和蔼可亲、十全十美的先生家里。要让我帮您打开箱子吗?"

"确实好啊,我的兵大爷!你没有在帝国禁卫军当过水兵吗?"

"哟!哟!哟!哟!"娜侬说,"禁卫军的水兵,究竟是什么?是咸水的,还是淡水的?"

[①] 拿破仑在1804年设立矮个兵军团,以鼓励身高不超过1.59米的人,让他们组成一支队伍。

"喂，这是我的钥匙，在这只手提箱里把我的睡衣找出来。"

娜侬看到一件金线绣花、图案古朴的绿绸睡衣，感到目瞪口呆。

"您要穿着这个睡觉？"她说。

"是的。"

"圣母马利亚！这要铺在教堂祭坛上才合适呢。我娇贵的好少爷，把它捐给教堂吧，您的灵魂就会得救，否则会使您的灵魂遭殃。噢！您穿上了多好看。我要去叫小姐来看看。"

"得了，娜侬，别嚷了，好不好？让我睡觉吧，明天我再整理东西；要是你那么喜欢我的睡衣，你就拿去拯救你的灵魂吧。我是个虔诚的基督徒，走的时候会把它留下来，你随便派什么用场都可以。"

娜侬伫立在那儿，注视着沙尔，不敢相信他的话。

"将这件漂亮的衣服送给我！"她边走边说，"这位先生已经在做梦了。晚安。"

"晚安，娜侬。"

"我到这儿来干吗？"沙尔入睡前想道，"父亲不是一个傻瓜，我此行必定有一个目的。嘿！不知哪个希腊笨蛋说过：'正经事，明儿做。'"

"圣母马利亚！我的堂弟多帅啊。"欧仁妮中断了祈祷，想道。这天晚上她的祈祷没有做完。

葛朗台太太睡下时什么也不想。她通过板壁中间那扇连通的门，听到吝啬鬼在他的房间里来回踱步。她就像所有胆小的女人那样，研究过她的老爷的脾气。犹如海鸥能预知暴风雨一样，她从难以觉察的征兆中，预感到在葛朗台内心翻腾的风暴，用她自己的话来说，她只能装死。

葛朗台望着密室那扇叫人在里边安上铁皮的门，心想：

"我的弟弟怎么会有这样的怪念头，把他的儿子遗留给我！真是呱呱叫的遗产！一百法郎我也不会给他。一百法郎对这个花花公子顶什么用呢？他用单片眼镜看我的晴雨表的模样，就像要放一把火烧掉它似的。"

想到这份怀着痛苦写成的遗嘱可能产生的后果,葛朗台也许比他弟弟写遗嘱时的内心更加激动不安。

"我会得到这件金线睡衣吗?……"娜侬自言自语,入睡时已经穿上了祭坛的披纱,生平第一次梦见了鲜花和绫罗绸缎,就像欧仁妮梦见了爱情。

在少女们纯洁而单调的生活中,会有一个美妙的时刻,这时,阳光照射到她们的心坎里,花儿对她们诉说,心的搏动把热烈的生命力传达到她们的脑子里,将意念融化为朦胧的欲望;那真是忧愁而无怨、好笑而又甜蜜的时刻!当小孩开始看世界时,他们会微笑;当一个少女在性格中看到情感时,她会像小时那样微笑。如果看到光亮是人生的第一次爱情,爱情难道不是心灵看到了光亮吗?欧仁妮到了能看清人生百态的时候了。

她像所有外省姑娘一样,一大早起来,做祷告,梳洗打扮。从今以后,梳妆会是有意义的事了。她先梳平栗色头发,小心翼翼地将粗大的辫子盘在头顶,不让头发从辫子里散出来,把头发梳成对称,衬托出她的面孔的天真和胆怯,将头饰的简朴和线条的单纯配合得很协调。她用清水将手洗了好几遍,因为平时手已被水浸泡得粗糙发红。她看了看自己滚圆的美丽的双臂,心里纳闷堂弟怎样能把双手保养得那么白嫩,指甲修得那么好看。她穿上新袜子和最漂亮的鞋子。她从上到下收紧胸衣,连一个扣眼也不放过。总之,她生平头一次想将自己的优点显露出来,懂得了衣服裁剪合身、鲜艳夺目、惹人注目的快乐。打扮结束时,她听到教堂的钟声,很惊讶地只数到七下。她想有充分时间好好打扮,以致起得太早了。由于不知道一个发卷做上十来次以研究效果的艺术,欧仁妮便老老实实地抱着双臂坐在窗前,看着院子、狭小的花园和凌驾其上的高平台;景色愁惨,视野狭窄,但是并不缺乏荒僻之地和不毛的大自然所特有的神秘美。厨房旁边有一口井,围着井栏,滑轮拴在一根弯曲的铁杆上。一枝葡萄由于季节

关系，枝蔓已经枯萎、发红、干瘪，缠在铁杆上面。葡萄蔓枝从这儿攀上了墙，附在上面，沿着屋子攀爬，一直伸展到柴房的上面，里面的木柴堆放得有条不紊，宛若藏书家的书放得整整齐齐。院子里的石子由于苔藓、杂草以及缺乏走动，久而久之变得黑黝黝的。厚实的墙壁披上一层绿衣，褐色的长枝条上下起伏。末了，院子尽头有八级台阶居高临下，通往花园门口，但石阶都散开了，淹没在高高的植物之下，仿佛十字军东征时代被他的遗孀埋在地下的骑士坟墓。在全都剥蚀的基石上面，耸立着一排腐烂的木栅，一半已经破损倒塌，但上面还布满藤萝，乱糟糟地纠结在一起。栅门两旁，两棵瘦弱的苹果树伸出弯曲的枝条。三条平行的小径，铺着细沙，相互之间隔着方形的土地，四周种着黄杨，防止泥土流失。这个花园尽头的平台下面，有一片椴树遮阴。花园的一头有几棵覆盆子；另一头是一棵高大茂盛的核桃树，枝叶一直伸展到箍桶匠的密室。这一天天清气朗，正是卢瓦尔河两岸常有的阳光灿烂，夜间凝结在美丽的景物、墙壁、院子和花园里草木上的初霜，已经开始融化了。

这些景色以前在欧仁妮眼里是平淡无奇的，如今却具有崭新的魅力。她的心里产生千百种杂乱的心绪，随着阳光的扩展而扩展。她终于有一种模糊的、说不出的、愉快的骚动，包裹着她的精神，仿佛云雾包裹着物体。她的思绪和这奇异景色的细部相协调，内心和谐与自然和谐融成一片。

当阳光照到一面墙上时，从墙缝里垂下来的茂密的铁线蕨，就像鸽子颈项间的羽毛，色泽多变，在欧仁妮看来，好像天国的希望之光，照亮了未来。从此她乐于看这堵墙、墙上苍白的花、蓝色的铃铛花和枯萎的草，其中有她美好的回忆，就像童年往事一样。在这个回声响亮的院子里，每一片叶子脱落时发出的簌簌声，是对少女心中的疑问的回答。她会整天待在那里，感觉不到时光的流逝。随之而来的是思绪翻腾。她突然站起来，走到镜子前照镜，就像一位有良知的作家审视自己的作品，自我评价，责骂自己。

"我不够漂亮,配不上他。"

这就是欧仁妮的想法,是自卑而又痛苦万分的想法。可怜的姑娘没有自知之明;可是,谦逊或者不如说担心,是爱情的最初美德之一。欧仁妮属于那种身体结实、美得显得俗气的小家碧玉;但是,如果她像米罗的维纳斯①,她的体态却被基督徒的温馨情感变得高雅,这种温馨净化的女人,给她一种古代雕塑家认识不到的特点。她的脑

---

① 米罗的维纳斯:出土于米罗的维纳斯塑像,体格健美,神情宁静,现藏法国卢浮宫。

袋很大，有男性的额角，但是很清秀，像菲迪亚斯①雕刻的朱庇特那样。灰色的眼睛蕴含着她全部的圣洁生活，射出炯炯的目光。圆圆的脸蛋原来很红润，可是由于出天花——虽然不太严重，没有留下疤痕——皮肤变得有点粗糙，却仍然柔美细巧，母亲纯洁的亲吻会一时留下一道红印。她的鼻子有点过大，可是和略红的嘴唇倒也相配；她的嘴唇布满纹路，深藏情意和善意。脖子完美地滚圆。内衣隆起，遮得严严实实，引人注目，令人遐想。虽然她身材不够柔软，可是对行家来说，倒应是一种魅力。欧仁妮高大结实，因此没有一点讨人喜欢的美，但是却有一种容易被人忽略、唯有艺术家才迷恋的那种美。画家在人世间寻找一种具有马利亚那种天仙的纯洁类型，要求一切女性有拉斐尔琢磨到的不亢不卑的眼睛，以及往往像圣母无玷受孕的处女线条，这种线条只有基督徒圣洁的生活才能保持或者培养出来。热衷于寻找这类罕见的模特儿的画家，会在欧仁妮的脸上突然找到这种不知不觉的天生的高贵。他会在平静的额角下看到一个爱情的世界；在眼睛的形状中，在眼皮的外表中，有一种难以形容的神圣。她的脸庞，她的脑袋的轮廓，从未被情欲所扭曲，也从未露出过倦容，宛如平静的湖面与远方天际相接的线条那样柔和地分开。她的容貌恬静，红润，像一朵刚绽开的鲜花，使心灵得到休息，传达出反映在心灵中的良知的魅力，支配着目光。欧仁妮还刚踏上人生，儿时的幻想如鲜花般盛开，带着稍后便不知晓的快乐去采集雏菊。因此，她还不知道什么是爱情，一面照镜子，一面心想：

"我太丑了，他不会注意我的！"

然后，她打开正对着楼梯的房门，伸长脖子，谛听家中的动静。她听到娜侬早上的咳嗽声。那个善良的女人走过来，走过去，打扫厅堂，生火，拴住狼狗，在牲口圈里跟牲口说话。欧仁妮心想：

"他还没有起床呢。"

---

① 菲迪亚斯：公元前5世纪古希腊著名雕刻家。后面提到的那尊雕像并没有留存下来。

她立刻下楼,向正在挤奶的娜侬跑去。

"娜侬,我的好娜侬,做些奶油放在我堂弟的咖啡里吧。"

"可是,小姐,那是要隔天做的,"娜侬哈哈大笑说,"现在我做不出奶油。您的堂弟真帅,真帅,当真帅极了。您没有看见他穿上金线绸睡衣的模样呢。我呀,我倒是看见了。他穿的细布料就像本堂神父先生的宽袖白祭袍。"

"娜侬,给我们做些薄饼吧。"

"那么谁给我烤炉用的木柴呢?还有面粉和黄油呢?"娜侬说。作为葛朗台的大管家,她有时在欧仁妮和她母亲的心目中俨然是个大人物。"总不能偷他的东西去款待您的堂弟吧?您去问他要黄油、面粉和木柴吧,他是您的父亲,他会给您的。瞧,他下楼安排伙食来了……"

欧仁妮听到楼梯在她父亲的脚下颤动,吓得溜进了花园。她已经感到深深的羞惭和不安了。我们心中的幸福感也许不无理由地让我们相信,我们的想法已经刻在我们的额角上,映入别人的眼帘。可怜的姑娘终于发现父亲的家四壁空空,冷气袭人,配不上堂弟的风雅,感到一种怨恨。她感受到一种强烈的需要,想为他做点事:做什么事

呢？她一无所知。她天真、率直，任凭自己淳朴的天性流露出来，毫不怀疑自己的印象和情感。一看到她的堂弟，便在她心中唤醒了女人的天性，尤其是她已经二十三岁了，她的智力和愿望已经充分成熟，因而这天性更加强烈地展现出来。她头一次一看到父亲便在心中产生恐惧，把他看成她命运的主宰，以为有心事瞒着他是犯下一桩罪过。她快步走着，惊讶于呼吸到的空气更加纯净，感受到阳光更加使人振奋，从中汲取到一种精神热力和新生命。正当她想方设法要弄到薄饼的时候，大个子娜侬和葛朗台拌起嘴来，这种情形就像冬天的燕子一样少见。老头提着一串钥匙，来分配当天所需的食物。

"昨天的面包还有剩下的吗？"他问娜侬。

"一点也没剩下，先生。"

葛朗台从安茹人用来做面包的平底篮里，拿出一个沾满面粉的大圆面包，正要切开，这时娜侬对他说：

"今天我们有五个人呢，先生。"

"没错，"葛朗台回答，"但是你做的面包重六斤，还有剩余呢。再说，这些巴黎的年轻人根本不吃面包，待会儿你看吧。"

"难道他们就只吃作料？"娜侬说。

在安茹，民间语汇中的"作料"这个词儿，指涂在面包上的东西，从涂在面包片上的黄油到最讲究的白桃酱，统称作料；凡是小时候舔掉作料、留下面包的人都会明白这个用语的意思。

"不，"葛朗台回答，"他们既不吃作料，也不吃面包。他们几乎像待嫁的姑娘。"

最后，经过精打细算地决定了当日菜单以后，老头正要关上他的主食柜，走向他的水果柜时，娜侬拦住他说：

"先生，那么给我一点面粉和黄油吧，我给孩子们做薄饼。"

"为了我的侄儿，你想抢劫我的家吗？"

"我没想到您的侄儿，和没想到您的狗一样，也和您本人没想到他一样。这不是，您只塞给我六块糖，而我需要八块。"

"哎哟,娜侬,我从来没有见过你这样。你脑袋瓜出了什么事?你是这儿的主妇吗?只给你六块糖。"

"那么,您侄儿的咖啡拿什么做调料?"

"拿两块糖呀。我嘛,可以不放。"

"在您这个年纪,不放糖!我宁愿掏我的钱给您买糖。"

"就管你自个儿的事吧。"

尽管糖价降低了①,但在箍桶匠看来,糖始终是殖民地最昂贵的产品,每斤要六法郎。第一帝国时期大家都不得不节约用糖,这已经成了他改不了的习惯。所有女人,哪怕是最愚蠢的,都会使出诡计来达到自己的目的。娜侬丢开糖的问题,要争取到薄饼。

"小姐,"她越过窗口喊道,"您不是要吃薄饼吗?"

"不要,不要。"欧仁妮回答。

"得了,娜侬,"葛朗台听到他女儿的声音,说道,"拿去吧。"他打开放面粉的柜子,给了她一点面粉,又在切出来的黄油上面加了几盎司。

"烧烤炉还需要木柴。"毫不容情的娜侬说。

"你要多少就拿多少吧,"他沮丧地回答,"不过,你得给我们做一个水果馅饼,晚饭也在烤炉上做,免得生两个炉子。"

"嘿!"娜侬大声说,"您用不着对我说。"

葛朗台对他忠实的内务大臣望了近乎慈父的一眼。

"小姐,"厨娘喊道,"我们有薄饼吃了。"

葛朗台捧了一些水果回来,先在厨桌上装了一盘。

"您瞧,先生,"娜侬对他说,"您侄儿的漂亮靴子。多好的皮啊,好香啊。用什么擦啊?该用您的蛋清鞋油来擦吧②?"

"娜侬,我想蛋清会损坏这种皮的。再说,你告诉他,你根本

---

① 在第一帝国时期(1804—1814),法国由于大陆被英国封锁,糖价一度升得很高。

② 用蛋清鞋油擦鞋是很古又很节省的方法,但鞋子擦不亮。

不知道擦摩洛哥皮的方法,是的,这是摩洛哥皮,他会亲自在索缪买鞋油给你擦亮他的靴子。我听说过,在鞋油里掺白糖,会使鞋子锃亮。"

"这么说,可以吃喽,"女仆拿起靴子闻了闻,说道,"哟,哟,跟太太的科隆香水一个味。啊!真好玩。"

"好玩!"主人说,"靴子比穿它的人还值钱,你觉得好玩?"

他把放水果的柜子锁上,又回到厨房。

"先生,"娜侬说,"您不想一星期做一两次蔬菜牛肉浓汤,款待您的……"

"行呀。"

"那么我得到肉铺去。"

"用不着。你可以给我们炖一罐野味汤,佃户们不会让你缺少野味的。不过我要去吩咐柯努瓦耶打几只乌鸦。这种野味能做出世上最好的汤。"

"先生,这东西吃死人,可是真的?"

"你真蠢,娜侬!乌鸦就像大家一样,找到什么吃什么。难道我们不是靠死人生活吗?那么,什么叫作遗产呢?"

葛朗台老头没有什么可吩咐的了,掏出他的怀表。看到吃早饭之前还有半个小时可以利用,他便戴上帽子,拥抱过女儿,对她说:

"你想到卢瓦尔河边我的草场上散步吗?我在那儿有点事要做。"

欧仁妮跑去戴上系着红绸带的草帽,父女俩沿着弯曲的街道往下走,来到广场。

"这么早上哪儿去呀?"公证人克吕绍遇到葛朗台,问道。

"有点事。"老头回答,他也知道他的朋友为什么一大早出门。

遇到葛朗台老头出门办事,公证人凭经验知道和他在一起,总是可以捞到一点好处,因此就陪着他走。

"来不来,克吕绍?"葛朗台对公证人说,"您是我的朋友,我要给您证明,在肥沃的土地上种植白杨是多么愚蠢……"

"这么说,您在卢瓦尔河边的草场上种白杨挣到的六万法郎就不算回事吗?"克吕绍睁着惊讶的眼睛说,"您真有运气!……正当南特缺少白木时您把树砍了,以三十法郎一株卖掉!"

欧仁妮倾听着,不知道她正面临一生中最庄严的时刻,公证人马上要让她父亲说出至关重要的决定。葛朗台来到卢瓦尔河边他拥有的美丽草场,三十名工人正在忙于清扫、填满、平整白杨树从前生长的地方。

"克吕绍先生,您看,一株白杨要占多少地。"他对公证人说。"让,"他对一个工人喊道,"拿……拿……拿把尺子量一下坑……坑……四周围有多大。"

"四乘八尺。"工人量过以后回答。

"要糟蹋掉三十二平方土地,"葛朗台对克吕绍说,"我在这一排种了三百株白杨,对不?三百乘……乘……乘……乘三十二……二……平……平方,毁掉我五……五百捆干草;再加上两边的两倍数目,一共一千五百捆;中间的几排是同样数目。就算……就算一千捆干草吧。"

"那么,"克吕绍帮他的朋友计算说,"这类干草,一千捆大约值六百法郎。"

"算……算……算它一千二百法郎吧,因为再割一茬,又可以卖三四百法郎。那么,您算……算……算算,一年一千二……二百法郎,四……四十年,利息……利息……您知道,利滚利。"

"就算六万法郎吧。"公证说。

"当然啰!只……只有六万法郎。那么,"葡萄园主不再结巴了,"两千株四十年树龄的白杨还卖不到五万法郎。这就亏了。这是我算出来的,"葛朗台神气活现地说。"让,"他接着说,"将坑填平,除了卢瓦尔河那边的坑,你种上我买来的白杨。种在河边,白杨就可以靠政府的开销长大①。"他回过身对克吕绍又加上这一句,鼻子上的皮脂囊肿轻轻抖动了一下,等于最挖苦人的冷笑。

"这是显而易见的:白杨只该种在贫瘠的土地上。"克吕绍被葛朗台的计算弄得呆若木鸡。

"是的。先生。"箍桶匠含讥带讽地回答。

欧仁妮望着卢瓦尔河秀丽的景色,没有倾听父亲的计算,可是不久,她侧耳细听克吕绍对她父亲所说的话:

"哎,您从巴黎招来了一位女婿,眼下索缪全城的人都在议论您的侄儿。我马上就得替您立婚约了吧,葛朗台老爹?"

"您……您……您一大……早……早……出……出门,就为……为了对我说这事?"葛朗台接茬说,随着发表这个看法,他的皮脂囊肿抖动了一下。"那么,我的老伙……伙……伙计,我很坦率,您……您……您想……想知道的事,我这就告诉您。您……您看,我……我宁愿把我女儿……扔……扔到卢瓦尔河里,也不愿把她嫁……嫁给她的堂……堂……堂弟。您可以……可以……宣布出来。不,就让大……大家去说长道短吧。"

这番回答使欧仁妮目眩神迷。遥远的希望刚刚在心头萌动,突然

---

① 河边地属公家所有。

绽开，初步成形，变成一束鲜花，她却看到被折断，落在地上。从昨晚以来，她通过种种使心灵相通的联系，把自己和沙尔联结在一起；今后，痛苦会给他们力量。她要受尽苦难的折磨，却与美满幸福无缘，这不就是妇女的崇高命运吗？父爱怎么会在父亲的心头熄灭呢？沙尔犯了什么罪呢？真是神秘莫测的问题！她萌生的爱情本来就这样深奥难测，如今又被神秘包裹起来。她双腿哆嗦着走回来，踏上那条幽暗的老街，从前她觉得这条街上喜气洋洋，如今却一派凄惨，她呼吸到岁月和世事在那里留下的凄凉。任何爱情的教训，她都尝到了。

到了离家只有几步路的地方，她抢在父亲前面去敲门，在门口等着父亲。葛朗台看到公证人手里拿着一张仍然封好的报纸，便问道：

"公债行情怎么样？"

"您不肯听我的话，葛朗台，"克吕绍回答，"赶快买吧，在两年内还可以赚两成，再加上利率很高，八万法郎有五千利息。公债一股是八十法郎五十生丁。"

"再说吧。"葛朗台摸摸下巴回答。

"天哪！"公证人说。他打开了报纸。

"什么事？"葛朗台大声问。这时公证人把报纸递到他的眼前，对他说：

"您看看这篇文章。"

> 巴黎备受尊敬的商人之一葛朗台先生，昨日照例在交易所露面，返寓所后用手枪自尽。之前，他已向众议院议长致函，提交辞呈，同时辞去商务法庭推事之职。葛朗台先生之破产，系受他的公证人罗甘先生及他的经纪人苏歇先生所累。以葛朗台先生之名望及信誉，本不难在巴黎商界获得援手，此一名流竟因一时绝望，出此下策，惜甚……

"我已经知道了。"老葡萄园主对公证人说。

　　这句话使公证人克吕绍感到寒心,虽然公证人一般不动感情,但想到巴黎的葛朗台也许徒劳地哀求过索缪的葛朗台,不禁感到背脊发冷。
　　"而他的儿子,昨天还高高兴兴的……"
　　"他还一无所知。"葛朗台仍旧镇静地回答。
　　"再见,葛朗台先生。"克吕绍说。他全明白了,前去让蓬封庭长放心。
　　葛朗台回到家里时,看到早饭准备好了。葛朗台太太已经坐在她那把有垫板的椅子上,编织冬天用的套袖。欧仁妮搂着母亲的脖子拥抱她,心情十分激动,就像心里烦恼,要这样流露一样。

"你们先吃吧。"娜侬几级一跨地下楼,"这孩子睡得像个小天使。他闭着眼睛,多么可爱!我走进去叫他,嘿!没有人似的。"

"让他睡吧。"葛朗台说,"他今天不管醒得多么晚,也赶得上听到坏消息。"

"究竟出了什么事?"欧仁妮问道,一面将两块小到不知有几克重的糖放进咖啡里,这是老头空闲时有兴趣切好的①。葛朗台太太不敢问这个问题,望着她的丈夫。

"他的父亲开枪自尽了。"

"我的叔叔?……"欧仁妮说。

"可怜的孩子啊!"葛朗台太太大声说。

"是可怜,"葛朗台接口说,"他连一个苏也没有。"

"唉,他睡得这么香,好像天下都是他的呢。"娜侬柔声说道。

欧仁妮吃不下去了。她的心揪紧了,如同初次听到心爱的人遭到不幸,全身心都激起同情,心痛得难受一样。可怜的姑娘哭了。

"你不认识你的叔叔,你哭什么?"她父亲对她说,向她瞪了饿虎似的一眼,他瞪着成堆的金子时,想必也是这样。

"可是,先生,"女仆说,"谁能不同情这个可怜的年轻人呢?他蒙头大睡,还不知道飞来横祸。"

"我没有跟你说话,娜侬!别多嘴。"

欧仁妮当下明白,恋爱的女人要始终隐瞒自己的感情。她不吭声了。

"我希望在我回来之前,你什么也别对他说,我的太太。"老头继续说,"我要去叫人把草场沿大路的沟挖成直线。我中午回来吃饭,我要和侄儿谈谈他的事儿。至于你,欧仁妮小姐,要是你为那个花花公子哭,这样也哭够了,我的孩子。他立马要到印度去。你再也看不到他了……"

---

① 当时的糖做成面包形出售,要由自己切成块。

他从帽檐上拿起手套,像往常一样镇定自若地戴上,交叉手指,把手套插紧,走了出去。

"啊,妈妈,我憋闷得慌。"只剩下母女二人时,欧仁妮叫道,"我从来没有这样难受过。"

葛朗台太太看到女儿脸色苍白,打开了窗子,让她呼吸新鲜空气。过了一会儿,欧仁妮说:

"我好多了。"

一向性格平静和冷漠的女儿,这种神经质的激动引起了葛朗台太太的注意,她怀着母亲对宠爱的对象关心的直觉望着女儿,猜透了女儿的心事。说实在的,欧仁妮和她的母亲的亲密,正如那对著名的匈牙利姐妹——出于大自然的错误,她们身体相连①;母女二人总是一同坐在窗洞下面,一起上教堂,睡在同一个屋子里,呼吸同样的空气。

"我可怜的孩子!"葛朗台太太把欧仁妮的头搂在怀里说。

听到这句话,少女抬起头,用目光询问母亲,猜度她内心的想法,然后她问:

"为什么把他送到印度去?他遭到了不幸,不该留在这儿吗?他不是我们最亲的亲人吗?"

"是的,我的孩子,这是很自然的。但是你父亲有他的理由,我们应该尊重才是。"

母女默默地坐在那里,一个坐在有垫板的椅子上,另一个坐在小圈椅里;她们俩重新拿起活计。母亲对她表现出的深切的心灵沟通使欧仁妮感激不已,她在感激的催逼下,吻着母亲的手说:

"亲爱的妈妈,你真好。"

这句话使母亲因长年痛苦而变得憔悴的老脸闪出光彩。

"你觉得他好吗?"欧仁妮问。

葛朗台太太只用微笑来回答。半晌,她低声问道:

---

① 这对连体姐妹1701年生于特左尼,叫海伦和朱迪特,1723年去世。

"你已经爱上他了吗？这可不好。"

"不好，为什么？"欧仁妮接着说，"他讨你喜欢，也讨娜侬喜欢，为什么他不讨我喜欢呢？来，妈妈，把桌子摆好，等他来吃饭。"她丢下活计。母亲也这样做，一面对她说：

"你疯了！"

可是她自己也跟着疯，乐于证明女儿疯得有理。欧仁妮把娜侬叫来。

"小姐，又有什么事呀？"

"娜侬，中午的奶油做好了吗？"

"啊！中午的吗？做好了。"老女仆回答。

"那么，给他准备浓咖啡，我听德·格拉散先生说过，巴黎人喝很浓的咖啡。你多放一点。"

"我到哪儿去弄咖啡呀？"

"去买呀。"

"要是先生遇到我怎么办？"

"他到草场去了。"

"我快去快回。可是费萨尔先生在给我白蜡烛时已经问过我，是不是我们家三王来朝了。全城人都要知道我们乱花钱了。"

"如果你父亲发觉什么，"葛朗台太太说，"他会打我们的。他做得出。"

"那么，让他打好了，我们跪着挨他打。"

葛朗台太太抬头望天，作为回答。娜侬戴上帽子，出去了。欧仁妮铺上白桌布，又到阁楼上去拿下几串她出于好玩挂在绳子上的葡萄。她轻手轻脚地穿过走廊，生怕惊醒了堂弟，又忍不住将耳朵贴在他的门上，听他均匀的呼吸声，心里想道：

"正当他睡觉，大祸逮个正着。"

她从葡萄藤上摘下几片翠绿欲滴的叶子，像酒店老厨师那样把葡萄摆得惹人喜爱，得意地端到桌子上。她到厨房去把父亲点过数的梨子全拿走,用绿叶衬托,摆成金字塔形。她走来走去,奔走忙碌,跳跳蹦蹦。她恨不得把父亲家里的东西一掠而空;但是所有的钥匙都在他身上。娜侬带着两只新鲜鸡蛋回来。欧仁妮看见鸡蛋,真想扑过去搂住她的脖子。

"朗德的佃户篮子里有鸡蛋,我向他要,这个可爱的孩子为了讨好我,就给我了。"

经过两小时的忙活,她准备好了一顿非常简单、花费不多的午餐,但是完全打破了家里的老规矩;在这段时间里,欧仁妮多少次放下手里的活计,去看咖啡煮开了没有,去听堂弟有没有起床的动静。午饭原本是站着吃的,每个人拿上一点面包,一只水果或者一点黄油,还有一杯酒。欧仁妮看到桌子摆在炉火边,一把扶手椅放在堂弟的餐具前面,桌上有两盆水果、一只蛋盅、一瓶白葡萄酒、面包,茶碟上堆着糖块,一想到父亲这时候回来向她投射过来的目光,便全身发抖。因此,她不时地望望挂钟,在计算堂弟能不能在老头回来之前吃午饭。

"放心吧,欧仁妮,如果你父亲回来,一切由我担当。"葛朗台太太说。

欧仁妮忍不住掉了一滴眼泪。

"噢!我的好妈妈,"她大声说,"以前我爱你爱得不够!"

沙尔一面哼着小曲,一面在房里绕了不知多少圈,终于下楼了。幸好,还只有十一点。这个巴黎人哪!他打扮得衣着入时,仿佛是在苏格兰旅行的那位贵妇的古堡里做客。他走进来时那种和蔼可亲、笑盈盈的神态和青春气息是多么相配,却让欧仁妮感到喜中有悲。他已不在乎空中楼阁已成泡影,兴高采烈地走近伯母。

"亲爱的伯母,昨夜睡得好吗?还有您呢,堂姐?"

"很好,先生。您呢?"葛朗台太太说。

"我吗,非常好。"

"您总该饿了吧,堂弟?"欧仁妮说,"坐下吃饭吧。"

"可是我中午以前是从来不吃东西的,我中午才起床。不过,一路上的伙食实在太差,我只能将就。再说……"他掏出布雷盖①制作的最精美的扁平怀表,"咦,只有十一点,我起早了。"

"起早了?……"葛朗台太太说。

"是的,不过我想整理一下行装。那么,我很乐意吃点东西,一点点,一只家禽,一只小山鹑。"

"圣母马利亚!"娜侬听到这几句话,叫道。

"一只小山鹑。"欧仁妮心想,她真想用她的全部积蓄去买一只小山鹑。

"过来坐下吧。"他的伯母对他说。

花花公子随意坐在扶手椅上,就像一个漂亮女人端坐在长沙发上。欧仁妮和她的母亲也搬来椅子放在壁炉前,坐在他旁边。

"你们一直住在这儿吗?"沙尔问。他发现这时厅堂比在烛光下显得更丑了。

"是的,"欧仁妮望着他回答,"除了收葡萄的时候。那时我们去帮娜侬,大家住在诺瓦耶修道院。"

"你们从来不散步?"

"有时候去,星期日做完晚祷,天气好的时候,"葛朗台太太说,"我们走到桥上,或者在割草的季节看人割草。"

"你们这儿有戏院吗?"

"去看戏!"葛朗台太太叫道,"看戏子演戏!可是,先生,你不知道这是该死的罪孽吗?"

"呃,亲爱的少爷,"娜侬端来鸡蛋说,"请您尝尝带壳子的鸡。"

"噢!新鲜鸡蛋。"沙尔说。他就像习惯了奢华生活的人,已经不再去想他的小山鹑了。"这可是美味的东西,有黄油吗?亲爱

---

① 布雷盖(1747—1823):著名的钟表匠。

的大妈。"

"啊！黄油！那么您不吃薄饼了吗？"女仆说。

"娜侬，把黄油拿来吧。"欧仁妮大声说。

少女观察着她的堂弟切割蘸上溏心蛋的面包，有滋有味地，如同巴黎多情善感的年轻女工兴趣盎然地观看一出好人有好报的情节剧那样。沙尔受到一个和蔼可亲的母亲的栽培，又受到一个时髦女子的雕琢，一举一动确实优美、高雅、细腻，仿佛一个小娇娘的动作。少女的同情和温柔具有真正磁石般的力量。因此，沙尔自己成了他的堂姐和伯母关心的对象，简直无法抗拒潮水般向他涌来的感情。他向欧仁妮投以善意和爱抚的炯炯目光，仿佛在微笑的目光。在端详欧仁妮的时候，他发觉这纯洁的脸线条美好和谐，神态天真，双眼明澈而有魅力，里面闪烁着年轻人的爱情思绪，只有愿望而没有肉欲。

"说实话，堂姐，如果您穿着盛装坐在歌剧院的大包厢里，我敢保证，伯母的话没错，您会让男人动心，让女人嫉妒，而犯下不少罪孽呢。"

这句恭维话紧紧抓住了欧仁妮的心房，使它快乐得怦怦跳动，尽管她根本听不明白。

"噢！堂弟，您是在取笑一个可怜的外省姑娘吧？"

"堂姐，如果您了解我，您会知道我讨厌取笑，取笑使心灵憔悴，伤害各种感情……"他很惬意地咽下涂上黄油的面包片，"不，也许我还不够机智以去取笑别人，这个缺点使我犯下许多错误。在巴黎，'他心地善良'这句话可以置人于死地，因为这句话的言外之意是：'这个可怜的小伙子笨得像头犀牛。'但是由于我有钱，谁都知道我能够用任何一种手枪隔开三十步第一枪就击中人像靶，而且是在野地里，所以谁也不敢取笑我。"

"侄儿，你这番话说明你心地好。"

"您的戒指真漂亮，"欧仁妮说，"让我看看合适吗？"

沙尔伸手摘下戒指，欧仁妮的手指触到堂弟粉红色的指甲，不由得脸红了。

"妈妈,您瞧,多好的手工啊。"

"噢!值多少金子啊。"娜侬端咖啡进来,说道。

"这是什么?"沙尔笑着问。

他指着一个圆柱形的褐色陶壶,外面上了釉彩,里面涂着珐琅,四周有一圈灰,煮开的咖啡在里面翻上来又沉下去。

"是煮开的咖啡呀。"娜侬说。

"啊!亲爱的伯母,既然我来到这儿,至少要做点好事,雁过留声嘛。你们太落伍了!我来教你们用沙塔尔咖啡壶来煮出香喷喷

的咖啡。"

他力图解释用沙塔尔咖啡壶煮咖啡的一套方法。

"哎哟!这么麻烦,"娜侬说,"简直要花一辈子的工夫。我绝对不会这样煮咖啡。好啊,那么,这样煮咖啡,谁去给我们的母牛割草呢?"

"由我来割草。"欧仁妮说。

"孩子气!"葛朗台太太望着女儿说。

这一声使人想起就要降落在这个不幸的年轻人头上的悲伤,三个女人默不作声了,怜悯地望着他,使他感到吃惊。

"您怎么啦,堂姐?"

"嘘!"欧仁妮正要说话,葛朗台太太拦住了她说,"女儿,你知道要由你父亲对先生说……"

"叫我沙尔吧。"年轻的葛朗台说。

"啊!您叫沙尔吗?这是个美丽的名字。"欧仁妮大声说。

凡是预感到的祸事,几乎总是说来就来。娜侬、葛朗台太太和欧仁妮一想到老箍桶匠回来就发抖,这时她们听到一下门锤声,这响声她们熟悉得很。

"爸爸回来了。"欧仁妮说。

她撤走糖碟,在桌布上留下几块糖。娜侬拿走了盛鸡蛋的盆子。葛朗台太太像一头受惊的母鹿站起身来。看到她们如此惊慌,沙尔感到莫名其妙。

"哟,你们怎么啦?"他问她们。

"我父亲回来了。"欧仁妮说。

"那又怎么样呢?"

葛朗台走了进来,目光锐利地看了一眼桌子和沙尔,全明白了。

"哈!哈!你们在热情款待侄儿呢,很好,很好,太好了!"他说,没有口吃。"猫儿在屋顶奔跑时,耗子在地板上跳舞啦。"

"热情款待?……"沙尔心想。他不可能想到这家人的饮食制度和生活习惯。

"把我的酒拿来,娜侬。"老头说。

欧仁妮把酒拿了过来。葛朗台从腰包里掏出一把阔叶牛角刀,割了一片面包,涂上一点黄油,仔细抹平,站着吃了起来。这时,沙尔把糖放进咖啡。葛朗台老头看见了糖块,察看他的妻子,她脸色惨白。然后他走了几步,俯身在可怜的老女人耳边,问道:

"所有这些糖你是从哪儿搞来的?"

"娜侬到费萨尔的铺子里买来的,家里没糖了。"

这相对无言的一幕给三个女人造成的紧张是难以想象的。娜侬从厨房里出来,在厅堂里看着事情怎么发展。沙尔尝了尝咖啡,觉得太苦,寻找葛朗台已经收起来的糖。

"侄儿,你想要什么?"老头问他。

"要糖。"

"加点牛奶,"一家之主回答,"咖啡就不苦了。"

欧仁妮把因父亲收起来的糖碟又拿出来放在桌上,镇定地望着父亲。当真,一个巴黎女人为了帮助情人逃走,用无力的双臂拉住丝绸吊绳,也未必表现出比欧仁妮把糖重新放到桌上更多的勇气。巴黎女人会骄傲地向情人展示受伤的玉臂,情人会用眼泪、亲吻来滋润,用快乐来治疗每道血痕;而沙尔却永远不会知道他堂姐在老箍桶匠霹雳般的目光注视下,激动得心都碎了。

"你不吃东西吗,孩子妈?"

可怜的女奴走上前来,可怜兮兮地切了一块面包,又拿了一只梨。欧仁妮大胆地把葡萄递给她的父亲,对他说:

"爸爸,尝尝我保存的葡萄吧!堂弟,您也吃一点好吗?这些甜美的葡萄是我为您摘来的。"

"嘿!要是我不制止的话,她们会为了你把索缪城抢劫一空呢,侄儿。等你吃完以后,我们一起到花园里,我有事跟你谈,那可不是甜的喽。"

欧仁妮和她的母亲看了沙尔一眼,那种表情年轻人是不会弄错的。

"您这话是什么意思,伯父?打从我母亲去世以来……(说到母亲这个词,他的声音柔和起来)对我不可能有什么祸事了……"

"侄儿,谁知道天主会用什么磨难来考验我们呢?"他的伯母对他说。

"咄!咄!咄!咄!"葛朗台说,"又要胡说八道了。侄儿,看到你这双漂亮白皙的手,我心里难受。"他指着手臂尽处那双羊肩肉般的手,"这双手天生是用来捞钱的!你被教养成把脚伸进我们做公事皮包放票据的羊皮里。不好!不好!"

"伯父,您想说什么?要是我懂一个字,我宁可上吊。"

"你来吧。"葛朗台说。

吝啬鬼咔嚓一声把刀折好,喝掉剩下的白酒,打开了门。

"堂弟,鼓起勇气!"

少女的语气使沙尔打了个寒噤,他跟着可怕的伯父走,不安得要命。欧仁妮、她母亲和娜侬受到不可抑制的好奇心的驱使,来到厨房,要窥视即将在潮湿的小花园上演的那幕戏的两个演员。伯父先是一声不吭地和侄儿一起走着。告诉沙尔说他父亲死了,葛朗台并不为难,但是知道他一文不名,倒是有点同情,他在寻找措辞,把这件惨事说得婉转些。"你失去了父亲!"这没什么好说的。父亲总是死在儿女前面。但是,"你一点家产也没有了!"世间一切苦难全包含在这句话中。老头已经在园中小径转第三圈了,沙子在他脚下嚓嚓地响。在人生的重大场合,我们的心灵会紧紧依附悲欢离合融于我们身上的场所。因此,沙尔特别仔细地观察这个小花园的黄杨树。落下的枯叶,剥落的围墙,奇形怪状的果树,这些别有风味的细节由于激情所特别产生的记忆力,会铭刻在他的脑海里,和这个要命的时刻永远联结在一起。

"天气很热,很好。"葛朗台说。深深地吸了一口气。

"是的，伯父，但是为什么……"

"是这样的，小伙子，"伯父接着说，"我有坏消息要告诉你。你的父亲情况很不好……"

"那么我待在这儿干什么？"沙尔说。"娜侬！"他喊道，"到驿站去定马车。我在当地会找到一辆马车。"他转身对着他一动不动的伯父，接着说。

"马和车都不管用了。"葛朗台望着沙尔，回答说。沙尔默然无声，目光呆滞。"是的，我可怜的小伙子，你猜到了。他死了。这还不算，还有更严重的事。他是开枪自尽的……"

"我的父亲？……"

"是的。但这还不算。报纸加以恶意评论，好像有权这样做似的。喏，你看吧。"

葛朗台拿出向克吕绍借来的报纸，把那篇报道死讯的文章递到沙尔眼前。可怜的年轻人还是个孩子，仍在天真地易动感情的年纪，这时，他泪流满面。

"这下好了，"葛朗台心想，"刚才他的眼睛令我害怕。他哭出来了，他没事了。"

"这还不算，我可怜的侄儿，"葛朗台大声地又说，也不管沙尔是不是在听他说话，"这没有什么，你会得到安慰的；但是……"

"永远不会！永远不会！我的父亲！我的父亲！"

"他毁掉了你，你一文不名了。"

"这对我有什么关系？我的父亲，我的父亲在哪儿？"

哭声和呜咽声在围墙中凄惨地震响，伴以回声。三个女人出于怜悯，也在哭泣：眼泪和笑声一样是会传染的。沙尔不再听他的伯父说话，跑到院子里，找到楼梯，上楼到他的房间，横倒在床上，把脸埋进被窝里，避开亲人，尽情地哭泣。

"要让第一阵暴雨过去。"葛朗台回到厅堂里说。欧仁妮和她母亲已经急匆匆地坐到原位，擦掉了眼泪，用颤抖的手做活计。"但是这个年轻人没有出息,把死看得比钱还重。"

欧仁妮听到她父亲对最神圣的痛苦说出这样的话来,不禁哆嗦了一下。打这时起,她开始评骘自己的父亲。沙尔的呜咽声虽然低沉下去,但在这幢传声的屋子里依然响个不停;他沉痛的呻吟仿佛来自地下,逐渐减弱,直到傍晚左右才停息。

"可怜的年轻人!"葛朗台太太说。

这声感叹却惹出了事!葛朗台老头望着他妻子、欧仁妮和糖碟子。他记起为不幸的侄儿准备的不同寻常的午餐,于是站在厅堂中央。

"喂,葛朗台太太,"他照例平静地说,"我希望你不要继续大手大脚。我的钱给你,不是让你用糖去填塞这个小怪人的。"

"这不关母亲的事,"欧仁妮说,"是我……"

"是不是因为你现在成年了,"葛朗台打断他女儿说,"就想跟我闹别扭?你想想,欧仁妮……"

"父亲,您弟弟的儿子在您家里总不该缺少……"

"咄,咄,咄,咄!"箍桶匠说,这四个词用的是半音阶,"这儿是我弟弟的儿子,那儿是我的侄儿。沙尔和我们毫不相干,他身无分文,他的父亲破产了,等这个花花公子哭够了,就会从这儿离开,我不希望他把我的家搅得天翻地覆。"

"父亲,什么叫破产?"欧仁妮问。

"破产,"她父亲回答,"是最丢人的事,比所有丢人的事更丢人。"

"那一定是很大的罪孽啰,"葛朗台太太说,"我们的弟弟要下地狱了。"

"得了,你又要唠叨了,"他耸耸肩,对妻子说。"欧仁妮,破产嘛,"他又说,"是盗窃,不幸的是,法律还保护这种盗窃。人家看到纪尧姆·葛朗台有声誉有信用,把自己赖以生存的东西给了他,他却全部吞没了,让人家只剩下一双眼睛哭泣。剪径的强盗还好过破产的人:强盗攻击你,你可以自卫,他是拿脑袋去冒险的;可是,破产的人呢……总之,沙尔是丢尽了脸。"

这番话在可怜的姑娘心中回响,沉重地压在她心头上。她的淳朴宛若生长在森林深处的一朵花那样娇嫩,她既不懂行为准则,又不懂似是而非的推论和诡辩;因此,她接受父亲故意对破产的解释,却不让她了解迫不得已的破产和策划好的破产之间的区别。

"那么,父亲,您就不能阻止这件祸事发生吗?"

"我弟弟没有向我咨询;再说,他欠了四百万。"

"一百万是什么概念,父亲?"她天真地问,就像孩子以为能立马得到他想要的东西。

"两百万吗?①"葛朗台说,"就是两百万枚二十苏的钱币,五枚二十苏的钱币等于五法郎。"

"天哪!天哪!"欧仁妮叫道,"我的叔叔怎么会有四百万呢?法国还有人有几百万那么多的钱吗?(葛朗台老头摸摸下巴,微笑着,他的皮脂囊肿似乎变大了。)堂弟沙尔怎么办呢?"

"他要到印度去,按照他父亲的愿望,他要在那儿尽力发财。"

"他有钱到那儿去吗?"

"我会给他路费……一直到……是的,一直到南特。"

欧仁妮扑上去搂住父亲的脖子。

"啊!父亲,您呀,您真好!"

她真心实意地拥抱葛朗台,几乎使他惭愧,他的良心有点触动。

"积聚到一百万要很多时间吗?"她问他。

"当然!"箍桶匠说,"你知道一个拿破仑金币②值多少钱。要五万枚这种金币才合到一百万呢。"

"妈妈,我们要替他念'九日经'。"

"我也想到了。"母亲回答。

---

① 巴尔扎克忘了与上文说过的纪尧姆·葛朗台欠债的数字(四百万)相统一,而欧仁妮是想了解一百万有多少钱,所以两人的一问一答对不上。

② 一个拿破仑金币值二十法郎。

"又来了！……总是花钱，"父亲大声说。"哟，你们以为家里有成百成千的钱吗？"

这时，从阁楼传来一声更加凄厉的低沉哀号，吓得欧仁妮和她母亲发呆。

"娜侬，你上去看看，他是不是想自杀。"葛朗台说。他转向妻子和女儿，他这句话吓得她们脸色发白。"喂，你们俩别干蠢事。我走了。我要去和荷兰人周旋，他们今天要走。然后我去看看克吕绍，跟他谈谈这一揽子事儿。"

他走了。葛朗台一带上门，欧仁妮和她母亲呼吸也自由了。这天上午之前，少女从来没有感到过父亲在场时很拘束；但是，这几小时以来，她的思想感情却一直在变化。

"妈妈，一桶酒能卖多少钱？"

"你父亲每桶卖一百至一百五十法郎，有时我听说卖二百法郎。"

"他收成有一千四百桶酒①的时候……"

"说实话，孩子，我不知道是怎么算的；你父亲从来不对我谈他的买卖。"

"那么，爸爸应该很有钱。"

"也许是的。可是克吕绍先生对我说过，两年前他买下了弗罗瓦封。他手头会很紧。"

欧仁妮一点也搞不清她父亲的财产，她的计算到此为止。

"那个帅哥一眼也没有看我！"娜侬回来说，"他像头小牛倒在床上，哭得像泪人儿似的；但愿老天保佑他！这个可怜又可爱的年轻人为什么这样伤心呀？②"

"我们快点去安慰他吧，妈妈；如果有人敲门，我们再下来。"

葛朗台太太抵挡不住女儿和谐动听的声音。欧仁妮是崇高的，她

---

① 上文提到是七八百桶酒。
② 这句问话有问题，因为葛朗台说他弟弟自尽时，娜侬在场。

是女人。她们俩心儿怦怦直跳,上楼来到沙尔的房间。门是开着的。年轻人什么也看不见,什么也听不见。他泪流满面,发出含糊不清的呜咽声。

"他多么爱他的父亲啊!"欧仁妮低声说。

不可能听不出她的语气中不知不觉动了真情。因此,葛朗台太太看了她一眼,目光中充满了母爱,然后,低声在她耳边说:"留神,你要爱上他了!"

"爱上他!"欧仁妮接过话茬,"要是你听到父亲的话,就不会这样说了!"

沙尔回过身来,看到他的伯母和堂姐。

"我失去了父亲,我可怜的父亲!如果他把他不幸的内情告诉我,我们俩会设法挽回的。天啊,我的好父亲!我本来认为用不了多久就会再见到他,所以,我想,我临别拥抱他时是冷冰冰的。"

呜咽声打断了他的话。

"我们会给他好好祈祷的,"葛朗台太太说,"天主的意愿要逆来顺受。"

"堂弟,"欧仁妮说,"要鼓起勇气!你父亲的去世是无法弥补的,眼下要想想怎样挽回你的声誉……"

女人有这种本能,这种精细,能想到方方面面,甚至在安慰别人时也是如此;欧仁妮希望堂弟考虑到自己,以便忘掉自己的痛苦。

"我的声誉?……"年轻人叫道,把头发猛地一甩,从床上坐起来,抱起双臂。"啊!没错,伯父说,我的父亲破产了。"他发出撕心裂肺的叫声,双手掩住了脸。"堂姐,您走吧,您走吧!天主啊!天主!原谅我的父亲吧,他应该非常痛苦。"

看到这个年轻人真实的、没有心机的、没有私下盘算的痛苦表现,真有惨不忍睹的意味。当沙尔做了一个手势请欧仁妮和她母亲离开他时,她们淳朴的心都懂得这是一种有节制的痛苦。她们下楼,默默地回到自己在窗子旁的位置上,一言不发地做了一小时左右的活计。刚才欧仁妮偷偷瞥了一眼年轻人的行装，少女的这一瞥能把一切都看在眼里，包括他漂亮的梳妆用具、剪子、镶金的剃刀。在痛苦的心情中看到这种奢华，也许是对比的缘故，使她觉得沙尔更值得令人关心。她们两人一向待在平静和孤寂中，从来没有一件如此严重的事件，如此戏剧性的场面向她们的想象力袭来。

"妈妈，"欧仁妮说，"我们给叔叔戴孝吧。"

"你父亲会决定的。"葛朗台太太回答。

她们重新保持沉默。欧仁妮一针针地织着，有规律的动作会给一个观察者透露出她思索中的丰富想法。这个可爱的姑娘的首要愿望，就是要分担她的堂弟的丧父之痛。将近四点，突然响起的门锤声在葛朗台太太的心中震动起来。

"你父亲怎么了？"她问女儿。

葡萄园主满面春风地走进来。他脱下手套，狠命地搓着手，几乎要把皮搓破，幸亏他手上的皮好像上过硝的俄罗斯皮革，除了没有落叶松和香料的气味。他不停地踱蹀，看看时间。末了，他的秘密脱口而出。

"太太，"他毫不结巴地说，"我把他们全都骗了。我们的酒卖掉了。荷兰人和比利时人今天上午动身，我装出傻乎乎的样子，在他们的客店前面溜达。你认识的那个家伙来到我跟前。所有出产好葡萄的园主都压着货，想等一等，我没有阻止他们这样做。这个比利时人无计可施。我看到了这一点。结果成交了，他每桶酒出价二百法郎，一半是现钱，用金币支付。单据已经签好，这六个路易归你。再过三个月，酒价会跌下来。"

最后这句话用平静的语调说出来，不过，充满讥讽意味。索缪人这时聚集在广场上，听说葛朗台刚刚将酒卖掉，都气急败坏，如果他们听到这番话，准会发抖。惊慌失措会使酒价跌掉一半。

"今年您有一千桶酒吧，父亲？"欧仁妮问。

"是的，宝贝女儿。"

这个称呼是老箍桶匠快乐时的最高级用语。

"这等于二十万法郎。"

"是的,葛朗台小姐。"

"那么,父亲,您可以轻而易举地援救沙尔了。"

伯沙撒在墙上看到"算、量、分"三个字^①时感到的惊讶、愤怒、呆滞,也不能和葛朗台隐含愤怒的冷若冰霜相比,他已不再想他的侄儿,如今发现他盘踞在女儿的心头和算计之中。

"好啊!自从这个花花公子踏进我的家,一切都颠倒了。你们摆阔,买糖,摆喜宴,大吃大喝。我不想这样做。我知道,在我这样的年纪,我应该怎样处世为人!再说,我用不着我女儿或者任何人来教训我。我该怎样对待我侄儿就怎样对待,你别插手。至于你,欧仁妮,"他回转身对她又说,"别再跟我提起他,否则我把你和娜侬送到诺瓦耶修道院去,看我是不是做得到;要是你再发牢骚,最迟明天就把你送走。这个小伙子在哪儿,他下楼了吗?"

"没有,我的朋友。"葛朗台太太回答。

"那么,他在干什么?"

"在哭他的父亲啊。"欧仁妮回答。

葛朗台瞪了女儿一眼,无话可说。他好歹也是父亲。在厅堂里转了一两圈以后,他敏捷地上楼到他的密室去,考虑买公债的事。他的两千阿尔邦森林的树木,齐根砍下来,卖了六十万法郎;再加上卖白杨树的钱,以及去年和今年的收入,刚才成交的二十万法郎买卖不算在内,总数有九十万法郎。公债眼下的行情是七十法郎一股,短时间内便可以获利两成,对他很有吸引力。他在刊登弟弟死讯的报纸上计算起来,对他侄儿的呻吟声充耳不闻。娜侬上来敲敲墙壁,叫主人下楼,晚饭已经准备好了。在拱道和最后一级楼梯上,葛朗台心里思

---

① 伯沙撒是古代巴比伦摄政王。一次,在用从耶路撒冷抢来的圣器宴饮时,忽然有只神秘的手在墙上写下三个字:"算、量、分"。太后召来先知但以理,但以理解释为"尔来日可数,尔罪孽深重,尔国将被瓜分"。当夜,巴比伦被攻占,伯沙撒被杀。

忖:"既然我可以拿到八厘利,我就要做这笔生意。在两年内,我便可以从巴黎取回一百五十万法郎的金币。"

"哎,我侄儿在哪儿?"

"他说他不想吃东西,"娜侬回答,"这对身体不好。"

"节省了也好。"她的主人反驳她。

"当然是。"她说。

"哼,他不会老哭下去。狼饿了就得跑出森林。"

晚饭时一家人出奇地默默无言。

"我的好朋友,"等桌布撤走以后,葛朗台太太说,"我们该戴孝吧?"

"说实话,太太,你只知道出点子花钱。服孝是在心里,而不是在衣服上。"

"可是,给弟弟戴孝是必不可少的,教会规定我们……"

"用你的六路易去买孝服吧。你给我一块黑纱就行。"

欧仁妮抬头望天,钳口不语。生平第一次,她沉睡的、被压抑的慷慨天性突然苏醒了,却随时受到伤害。这天晚上表面看来和以往千百个单调的夜晚是相同的,但这是最可怕的一晚。欧仁妮做着活计,头也不抬,根本不用沙尔昨晚不屑一顾的针线盒。葛朗台太太在织袖套。葛朗台绕了四个钟头的大拇指,沉浸在算计中,其结果第二天要使索缪人震惊。这一天,没有人来拜访。这时,全城人在谈论葛朗台的巧妙出击、他弟弟的破产和他侄子的到来。出于对他们的利益商讨的需要,索缪城中等和上层的所有葡萄园主都聚集在德·格拉散先生家里,把前任市长臭骂一通。娜侬在纺纱,在厅堂灰暗的天花板下,只听到她的纺车的声音。

"我们连舌头都舍不得用了。"她说,露出像剥了皮的杏仁那样的大白牙。

"什么都该节省不用。"葛朗台回答,从沉思中醒悟过来。刚才他看到自己置身于三年以后的八百万之中,在金币的海洋中漂浮。

"我们睡吧。我替大家去和侄儿道晚安,看看他是不是愿意吃点东西。"

葛朗台太太待在二楼的楼梯平台上,想听听沙尔和老头的谈话。欧仁妮比她的母亲更大胆,多走上两级。

"哎,侄儿,你很悲伤。是的,哭吧,这是人之常情。父亲总是父亲。可是,对痛苦要忍着点。你痛苦的时候,我在替你考虑。你看,我是一个好亲戚。得了,鼓起勇气来。你想喝一小杯葡萄酒吗?"酒在索缪不值钱,请人喝酒就像在印度请人喝一杯茶。"但是,"葛朗台继续说,"你没有点灯。不好,不好!做事要看清楚才行。"葛朗台走到壁炉前,叫了起来:"嘿!这是白蜡烛。见鬼,哪儿搞来的白蜡烛?这些娘们为了替这个小伙子煮鸡蛋,会把我的地板拆掉呢。"

听到这句话,母女俩便回到自己房里,钻进被窝,像受惊的耗子逃回洞里一样迅速。

"葛朗台太太,你有一个金库喽?"老头走进妻子的房间说。

"我的朋友,我在做祈祷,等一等。"可怜的母亲用变样的声音回答。

"让你的天主见鬼去吧!"葛朗台咕噜着顶了一句。

守财奴根本不信来世①,对他们来说,现在就是一切。这个想法把当今这个时代照得通明透亮:金钱前所未有地支配着法律、政治和风俗。学校、书籍、人和学说,一切都加剧破坏对来世的信仰,而社会大厦一千八百年以来就支撑在这上面。如今,死亡是一个不太可怕的过渡阶段。奏过安魂曲以后等待着我们的未来,被转移到现在。Perfasetnefas②,来到人间穷奢极欲的极乐世界,为了占有过眼烟云的财富,不惜化心肝为铁石,用苦行劳其肌肤,就像从前殉教者为了永

---

① 这句话与后文葛朗台叫女儿到阴间向他交账的话不相一致。
② 拉丁文,意为"不择手段,无论法律许可还是禁止"。

恒的幸福一生受尽苦难,这是今日普遍奉行的思想,到处受到揭橥,甚至写进了法律。法律不是这样问立法者:"你在想什么?"而是问:"你出多少代价?"当这种观念从资产者传到老百姓那里时,国家会变成什么样子呢?

"太太,你做完祈祷没有?"老箍桶匠问。

"我的朋友,我在为你祈祷。"

"很好!晚安,明天早上,我们再谈。"

可怜的女人睡下时,仿佛一个没有复习好功课的小学生,担心醒来时看到老师生气的面孔。正当她战战兢兢地钻进被窝,蒙着头,什么也不想听见时,欧仁妮穿着睡衣,光着脚,溜到她的床前,吻一下她的额头,说道:

"噢!好妈妈,明天,我会告诉他,都是我做的。"

"不,他会把你送到诺瓦耶修道院。还是让我来对付,他不会把我吃掉。"

"你听见没有,妈妈?"

"什么?"

"唉,他一直在哭。"

"去睡吧,我的女儿。你光着脚会着凉的。地砖很潮湿。"

这繁忙的一天就这样过去了,却一辈子都压在富有而可怜的女继承人的心头,她的睡眠再没有从前那样踏实和香甜了。人生中有些行为,虽然是实实在在的,但从文学上看,却显得不真实。大概我们对于一些自发的决定,几乎总是忘了从心理角度加以剖析,对于促成这些行为的神秘原因,没有做出解释?也许欧仁妮深沉的爱,要从她最细微的机体纤维中去分析;因为她这种激情,用爱挖苦人的话来说,变成了一种病,影响着她整个一生。许多人宁可否认事情的结局,也不愿衡量一下精神领域中暗暗融合两件事实的联系、症结和纽带的力量。因此,对人性的观察家来说,欧仁妮的过去造成了她的轻率天真、心情流露的突如其来。她的生活越是平静,女人的怜悯这最灵敏的感情，就变得越强烈，在她心灵中表现出来。因此，白天的事使她心烦意乱。她好几次醒来，倾听堂弟的动静，仿佛听到了叹息声。从昨夜以来，这叹息声就在她心头回响：时而她看到他悲伤欲绝，时而梦见他饿得要死。将近清晨，她确信听到可怕的感叹声。她马上穿衣，在晨光熹微中轻手轻脚跑到堂弟身边。他的房门敞开着，烛台上的白蜡烛已经燃尽。沙尔精疲力竭，和衣坐在椅子里睡着了，脑袋倒在床上，像肚子空空的人那样做着梦。欧仁妮可以尽情地哭泣；她可以欣赏这张因痛苦而留下斑痕、年轻俊美的脸，这双被泪水泡肿的眼睛——他一面睡着，眼睛似乎还在流泪。沙尔直觉中猜测到欧仁妮在眼前，他睁开眼睛，看到她一脸爱怜的表情。

"不好意思，堂姐。"他说，显然不知道眼下是什么时候，待在什么地方。

"堂弟，这里有几颗心在倾听你的声音，我们还以为你需要什么东西。你应该躺下睡觉，这样坐着睡多累啊。"

"说得对。"

"那么，再见。"

她溜了出来，这样跑过来让她既害臊又高兴。只有天真无邪才会做出这样大胆的事。即使受过教育，有美德的人也会像有恶习的人一样盘算一番。欧仁妮在堂弟身边时没有害怕，一回到自己房里两腿却站不住了。她稀里糊涂的生活突然结束，她思前想后，埋怨自己千不该万不该这样做。"他会怎么看我呢？他会以为我爱上了他。"其实这正是她求之不得的，希望看到他这样。坦率的爱情自有其预感，知道爱情能激发爱情。对这个深居简出的少女来说，偷偷地走进一个年轻男子的房间，是多么丢人现眼的事啊！在爱情上，有些人的思想和行动不就等于神圣的婚约吗？

一小时以后，她走进母亲房内，按习惯伺候她穿衣。然后她们坐在窗前自己的位置上等待葛朗台，怀着焦虑不安。性格不同的人，这样不安会由于害怕受到责骂和惩罚，浑身冰凉或发热，心脏收缩或膨胀。再者,这种感情很自然,连家畜也有:它们因疏忽受了伤,会不哼一声,而有了过失挨打,感到一点点痛就会叫起来。老头下楼来了,漫不经心地和妻子说话,抱吻一下欧仁妮,坐上饭桌,似乎忘了昨晚的威胁。

"我的侄儿怎么样了?这孩子倒不烦人。"

"先生,他在睡觉。"娜侬回答。

"很好,他不需要白蜡烛了。"葛朗台用揶揄的口吻说。

这种不同寻常的宽容,这种带揶揄的高兴,使葛朗台太太很惊讶,她仔细望着丈夫。老头……在这儿也许这样称呼是合适的:在都兰、安茹、普瓦图①和布列塔尼,往往用来称呼葛朗台的"老头"这个词儿,既指残酷无情的人,也指老实巴交的人,只要他们到了一定年纪。这个称呼丝毫并不预示此人是否宽厚。老头拿起帽子和手套说:

"我到广场上去逛逛,跟克吕绍家的人碰碰头。"

"欧仁妮,你父亲一准心里有事。"

葛朗台确实睡眠很少,夜里有一半时间在做预先的盘算;这种盘算使他的见解、观察和计划惊人地精确,总是获得成功,索缪人对此惊叹不已。人类的能力是耐心和时间的化合。强者是既希望又等待时

---

① 普瓦图:法国西部地区,在安茹和都兰之间。

机的。吝啬鬼的生活就是持续不断地运用人的能力为自个儿效力。他只依靠两种感情：自尊心和利益；但是，由于利益可以说是实实在在的、很体面的自尊心，也是真正优越的持久凭据，所以自尊心和利益是同一事物，即自私的两个部分。由此，把吝啬鬼巧妙地搬上舞台，也许总能激起极大的好奇心。这种人涉及并概括一切人类感情，我们每个人和这些人都有一线相通。哪里有毫无欲望的人？而如果没有金钱，哪种社会欲望能得到满足？

照他妻子的说法，葛朗台心里果真有事。在他心里，就像一切吝啬鬼那样，常常有一种和别人较量一番，合法地把别人的钱挣到手的持续需要。制服别人，不就是显示能力，不断让自己有权蔑视那些只好任人宰割的弱者吗？噢！乖乖地躺在天主脚下的羔羊，是人世间一切受害者最感人的象征，是他们未来的象征，说白了，是得到颂扬的痛苦和屠弱。有谁能真正理解呢？这头羔羊，吝啬鬼把它养肥了，把它圈起来，杀掉，煮熟，吃掉，不屑一顾。吝啬鬼的饲料由金钱和蔑视组成。夜里，老头的想法换了一个方向：他的宽容由此而来。他设想了一套阴谋诡计，要嘲弄巴黎人，摆弄他们，欺骗他们，揉捏他们，让他们来来去去，流汗，期望，脸色变得苍白；他，以前的箍桶匠，待在他灰暗的厅堂的尽里，爬上他索缪的家中被虫蛀坏的楼梯时，就能捉弄他们。他心里想着侄儿的事。他想挽救死去的弟弟的名誉，而不用破费侄儿和他的一个子儿。他的现金马上要放出去三年，他只消管理他的田产。因此，需要有东西供他施展他狡狯的活动，他已从弟弟的破产中找到了。由于手边没有东西可以压榨，他便想碾碎这些巴黎人，让沙尔占便宜，也不用花费什么便表现出他是个有情义的哥哥。他的计划中根本不考虑家族声誉，他的善意堪与赌徒的需要相比，也就是想看一局自己没有下注的精彩赌博。他需要克吕绍一家，而他不想去找他们，决定让他们自己上门，就在今晚开演这幕计划刚刚想好的喜剧，以便第二天不花分文让全城人给他喝彩。

父亲不在家，欧仁妮有幸能够公开关心她心爱的堂弟，不必担心向他倾注满腔的怜惜,这是女人胜过男人的崇高美德之一,是她想让人感觉到的唯一情感,也是她原谅男人让她对他产生的唯一情感。欧仁妮有三四次跑去倾听堂弟的呼吸声;想知道他是不是还睡着,是不是醒了。后来他起床了,于是,咖啡、鸡蛋、水果、盘子、杯子,所有与早餐有关的东西都成了她张罗的对象。她轻快地爬上破旧的楼梯,谛听堂弟发出的声音。他在穿衣吗?他还在哭泣吗?她一直来到他的门口。

"堂弟!"

"堂姐。"

"你想在厅堂还是在你房里用餐?"

"随便。"

"你觉得好些了吗?"

"亲爱的堂姐,说来惭愧,我饿了。"

对欧仁妮来说,这隔着门的谈话像是一段小说的插曲。

"那么,我们把早餐送到你房间里,免得我父亲不高兴。"她像小鸟一样轻巧地下楼来到厨房,"娜侬,你去收拾他的房间。"

这座楼梯时常上下,一踏上去就发出响声;在欧仁妮看来,如今似乎已经不破烂了。她看到楼梯亮堂堂的,在说话,像她一样年轻,像她的爱情一样年轻,而且能为她的爱情服务。还有,她的母亲,她善良宽容的母亲,也很愿意顺从她的爱情的怪念头。等到沙尔的房间收拾好了,她们俩走进去陪伴不幸的年轻人:基督教的仁慈不是要她们去安慰他吗?这两个女人从宗教中汲取许多小小的诡辩,为她们的行为辩解。

因此,沙尔·葛朗台受到体贴入微、亲切温馨的对待。他痛苦的心强烈地感到这种柔情蜜意和真挚的同情。这两个一直受压抑的心灵,在痛苦的领域,在她们天性所属的领域,一旦获得一刻的自由,就会流露出这种感情。既然是至亲关系,欧仁妮便整理起堂弟带来的内衣和梳洗用具,可以尽情欣赏手里拿到的每一件奢侈的、镶金镂银、精工制作的小玩意儿,以察看做工为由,拿在手里久久不放。沙尔看到伯母和堂姐对他这样热心关怀,深受感动。他对巴黎社会相当熟悉,知道以他当下的处境,只能遇到冷漠或冷淡的对待。他觉得欧仁妮光彩奕奕,有一种特殊的美,昨天他还嘲笑她乡土气,现在却赞赏她的淳朴了。因此,当欧仁妮从娜侬手里接过盛满牛奶咖啡的陶碗,率真地递给他,并和蔼地看了他一眼时,巴黎人的眼睛里热泪盈眶,握住她的手,吻了一下。

"哎,你又怎么啦?"

"噢!我感激得流泪了。"

欧仁妮突然转身跑去拿烛台。

"娜侬,"她说,"来,把烛台拿走。"

她回过来看堂弟时,脸上还涨得通红,但是至少目光可以骗过别人,不会沾上溢满心头的极度快乐;可是他俩的眼睛表达了同样的情感,仿佛他们的心灵融合在同样的想法中:未来是属于他们的。对沙尔来说,这种柔情尤其因为遭到大难,始料未及,就格外甜蜜。一声门锤响,把两个女人召回原位。幸亏她们下楼相当快,葛朗台进来时,她们已拿起了活计;如果他在拱道里遇到她们,很容易会引起他的疑心。老头匆匆忙忙地吃完饭,庄园看守因为没有拿到答应给他的津贴,从弗罗瓦封赶来了,带来一只野兔、几只小山鹑,都是在庄园里猎杀的,还有几条鳗鱼和两条白斑狗鱼,是磨坊老板抵租的。

"哎!哎!这个可怜的柯努瓦耶,他来得正好。这个东西好吃吗?"

"好吃,亲爱的慷慨的先生,这是两天前打到的。"

"喂,娜侬,快来,"老头说,"把这些东西给我拿走,这是给晚上做菜的,我要请两位克吕绍吃饭呢。"

娜侬目瞪口呆,望着大家。

"那么,"她说,"我到哪儿去弄猪油和香料呢?"

"太太,"葛朗台说,"给娜侬六法郎,记着提醒我到地窖里拿几瓶好酒。"

"那么,葛朗台先生,"庄园看守说,他已经准备好一番话,让他的津贴问题得到解决,"葛朗台先生……"

"咄,咄,咄,咄,"葛朗台说,"我知道你想说什么,你是一个老好人,我们明天再谈这个,今天我太忙。太太,给他五法郎。"他对葛朗台太太说。

他拔腿走了。可怜的女人用十一法郎买了个清静,实在太高兴了。她知道,葛朗台把自己给她的钱一个一个地要回去,在半个月内就不再说什么了。

"拿去,柯努瓦耶,"她说,把十法郎塞到他手里,"过几天我们再谢你。"

柯努瓦耶无话可说。他走了。

"太太,"娜侬说,她已经戴好黑色帽子,拿上篮子。"我只需要三法郎,剩下的留着。嘿,照样行。"

"做一顿丰盛的晚餐,娜侬,堂弟要下来吃晚饭的。"欧仁妮说。

"家里准定有大事了。"葛朗台太太说,"我结婚以来,这是第三次你父亲请人吃饭。"

将近四点,正当欧仁妮和她母亲摆好六副刀叉,一家之主从地窖里取出几瓶外省人珍藏的佳酿时,沙尔来到厅堂。年轻人脸色苍白。他的举止、风度、眼神、声调,在悲伤中充满妩媚。他没有装出痛苦,而是当真难受,悲痛蒙在他脸上的面纱,给了他这种特别讨女人喜欢的引人注目的神态。欧仁妮因此更爱他了。或许也是不幸促使他接近她。沙尔不再是她高不可攀的、风度翩翩的阔少爷,而是一个落难的穷亲戚。苦难生出平等。救苦救难是女人与天使相同的地方。沙尔和欧仁妮只用眼睛说话,只用眼睛理解,因为可怜的落难公子,这个孤儿待在一个角落里,闭口讷言,平静而倨傲;但他堂姐温柔而爱抚的目光不时炯炯地落在他身上,迫使他丢开愁思苦想,和她一起,投身到希望和未来的领域,她乐意和他一起踏进去。

这时,葛朗台请克吕绍叔侄吃饭的新闻轰动了全城,胜过前一天他把收成出手，对全体葡萄园主犯下背信弃义之罪。如果老谋深算的葡萄园主请客吃饭的心思正如阿尔西比亚德①割掉狗尾巴一样，他也许会成为一个大人物；但是他不断玩弄城里人，远远胜过他们一筹，根本不把索缪人放在眼里。德·格拉散一家不久知道了沙尔的父亲暴卒，可能已经破产，决定当晚到葛朗台家吊唁和慰问，顺便打听一下在这种情况下请克吕绍家吃饭有何目的。

五点整，克吕绍·德·蓬封庭长和他的公证人叔叔穿上节日盛装到达。客人就席，开始津津有味地吃起来。葛朗台神情严肃，沙尔沉默不语，欧仁妮也缄口无言，葛朗台太太同平时一样不开口，以致这顿饭成了真正的丧家饭。离席时，沙尔对他的伯父和伯母说：

"请允许我先告退，我要写一封悲伤的长信。"

"写吧，侄儿。"

沙尔走后，老头估计他会专心写信，听不到什么，便狡猾地望着妻子说：

"太太，我们要谈的话，你们是听不懂的。现在七点半，你们该

---

① 阿尔西比亚德（公元前450—前404）：古希腊将军、政治家，苏格拉底喜欢的弟子。他把自己珍贵的狗的尾巴割掉，让人赞赏与惊奇。

钻进被窝去了。晚安,我的女儿。"

他抱吻了欧仁妮,两个女人出去了。于是葛朗台老头生平手段用得最多的一场戏开始了。他在和别人打交道中学会了诡计多端,被他咬得太厉害的人称他为"老狗"。如果这位索缪的前市长野心更大一点,再遇到上好机会,使他爬到社会上层,把他派去参加讨论国际事务的会议,运用他追求个人利益的本事,毫无疑问他会为法兰西立下功勋。然而,也同样有可能,老头一离开索缪,便只能成为一个可怜虫。也许有些人就像某些动物,离开了出生的环境,在他乡就再也不能繁衍。

"庭……庭……庭……庭长……先……先……先……先生,您您您说……说……说……说过过过,破产产产……"

老头长期以来假装结巴,大家都习以为常;还有,每逢下雨,他便抱怨耳聋。在这个场合,结巴使克吕绍叔侄听得烦死了。他们一面听他讲话,一面不知不觉地做鬼脸,仿佛想帮他使劲,要帮他把说不清楚的字眼补全。这里,也许有必要追述葛朗台口吃和耳聋的历史。

在安茹,没有人比狡猾的葡萄园主更听得懂和说得好安茹土话。从前,尽管他精明过人,还是受到一个犹太人的欺骗。在谈生意的时候,那个犹太人把手弯成号角形,凑在耳朵上,借口要听得更清楚,说话结结巴巴,在寻找字眼;葛朗台吃了好心的亏,认为有必要向这个狡黠的犹太人提示他似乎在寻找的字眼和想法,主动补全那个犹太人的观点,说了那个该死的犹太人要说的话,最后成就了犹太人而不是葛朗台。箍桶匠经过这次古怪的较量以后,做了他商业生涯中唯一要抱怨的买卖。但是他经济上虽然吃了亏,思想上却得到教训,后来得益匪浅。因此,老头最后感谢犹太人教会他使商业对手不耐烦的本领:要逼对方一心想表达他的想法,让他不断视而不见自己的观点。但是任何事情都比不上眼下要谈的这件事,要求运用耳聋、口吃和不可理解的转弯抹角,葛朗台通过兜圈子掩盖自己的想法。首先,他不愿意对自己的想法负责;其次,他想控制自己的讲话,让人摸不清他的真正意图。

"德·蓬……蓬……蓬封先生。"

三年来，葛朗台是第二次管公证人克吕绍的侄子叫德·蓬封先生。庭长自以为诡诈的老头选他为女婿了。

"您您……说……说……说过，破破产在某……些情况下，可……可……可以阻……阻……止……止……"

"由商务法庭出面阻止，这种事每天都会发生。"克吕绍·德·蓬封先生说，以为抓住或者猜出了葛朗台老头的想法，诚心诚意地给他解释一番，"您想听听吗？"

"我洗耳恭……恭听。"老头谦逊地回答，露出一副狡猾的态度，就像一个似乎在专心致志听老师讲话，内心却在耻笑他的小学生。

"一个受人尊敬的重要人物，比如，巴黎已故的令弟……"

"舍……舍弟，是的。"

"受到周转不灵的威胁……"

"这……这这叫……叫作，周……周……周转不灵？"

"是的……以致破产免不了时，对他有管辖权的（请注意这一点）商务法庭，有权判决，为他的商号指定几个清理人。清理不是破产，您懂吗？一个人如果破产，那就名誉扫地；但是清理呢，他仍然是清白的。"

"这是不……不……不……不同的，如果花……花……花……花……花钱不……不……不多。"葛朗台说。

"而且，即使商务法庭不帮忙，也是可以宣告清理的。因为——"庭长说，吸了一撮鼻烟，"是怎样宣布破产的，您知道吗？"

"是呀，我从来没有想……想……想……想过。"葛朗台回答。

"第一，"这个法官接着说，"当事人或者他的登记在册的代理人要向法庭书记室递交一份资产负债表。第二，由债权人提交诉状。但是如果当事人不提交资产负债表，又没有任何债权人要求法庭宣判当事人破产，那又怎么办呢？"

"是呀，怎么……怎么……办呢？"

"那么死者的亲属、代表、继承人，或者当事人自己——如果他没有死，或者他有朋友——如果他躲起来了，都可以出面清理。也许您想为令弟办清理吧？"庭长问。

"啊！葛朗台，"公证人大声说，"这就好了。我们地处外省的偏远地区，还知道名誉的可贵。如果您挽救您姓氏的清白——这是您的姓氏，那么您真是一个大丈夫了……"

"崇高至极。"庭长打断他的叔叔说。

"那当然，"老葡萄园主说，"我……我兄兄兄弟姓……姓……姓……姓葛朗台，和……和我一样。这……这……这……这是确定无疑的。我……我……我没有否认。而……而……而这清……清……清……清理在任何……何情……情况下，从各……各个方……方……方面看，对我深深深爱的侄儿是十分有利的。可是要弄明白。我不熟……熟……熟……熟悉巴黎那些机灵鬼。我呀，我……在索……索……索缪，对吧！我的压……压枝葡萄！我的排……排水沟，还……还有，我的事……事务。我从来没有开过期……期……期票，什么是期票？我收……收……收到许……许多期票，我从来没有开……开……开过期票。期票可以兑……兑现，可以贴……贴现。这就……就是我所知道的一……一切。我听……听……听……听说，说，可……可……可以赎赎赎回期……期……期……"

"是的，"庭长说，"期票可以打个折扣从市场上收回来。您明白吗？"

葛朗台用手做成顺风耳，庭长又将话重复了一遍。

"但是，"葡萄园主回答，"这里，里面有人喝汤，有人吃肉。我，我，我这种年年纪，一点不懂这……这……这些东……东西。我应……应该留……留在这……这……这儿，照看谷物。谷物积……积聚起来，我们是用谷物开……开销。首……首……先，必须照看收……收成。我在弗罗瓦封有重……重……重要的事……事务和利……利……利益。我不能丢……丢……丢下我……我……我的家,去管那些烦……烦……烦死人的鬼……鬼事情,我可一点不懂……懂这些事。您……您说,我应该到巴黎去清……清……清理,阻止宣布破产。我一个人不能同时待……待在两个地方,除非我是小……小……小小鸟……而且……"

"我听明白您的话了,"公证人大声说,"那么,我的老朋友,您有的是朋友,对您忠心耿耿的老朋友。"

"好啊,"葡萄园主心想,"您就下决心吧!"

"如果有人到巴黎去,找到令弟纪尧姆最大的债主,对他说……"

"等……等……等一下,"老头又说,"对他说……说什么?就像这样几……几……几……几句话……话:'索缪的葛朗台这……这……这样,索缪的葛朗台……台……台那样。他爱他兄弟,他爱他的侄……侄……侄儿。葛朗台是一个好亲……亲戚,很有善意。他的收……收……收成卖了个好价钱。不要宣布破……破……破……破……破产,你们碰……碰个头,叫人清……清……清理。葛朗台到……到时候会瞧……瞧着办。你……你们进……进……进……进行清理,比让司法人员插手……手……手更加有利可图……'嗯,对不?"

"对!"庭长说。

"因为,您知道,德·蓬……蓬……蓬封先生,在做出决……决定之前,要三思而行。不……不……不能做的事总是不……不能做。凡是花……花钱多的事,为了不至于破……破……破……破产,必须了解清楚收支。嗯,对不?"

"当然,"庭长说,"我呀,我认为在几个月之内花点钱把期票赎回,通过协议全部付清。哈!哈!手里有块肥肉,还怕狗不跟着走!只要不宣告破产,期票又掌握在手里,您就白璧无瑕。"

"无……无……无瑕,"葛朗台又将手掌搁在耳边重复说,"我不懂什么无……无……无瑕。"

"唉,"庭长叫道,"您倒是听我说呀。"

"我洗耳恭……恭……恭听。"

"债券是一种商品,市价有涨有落。这是杰雷米·边沁①根据他的高利贷理论推论出来的。这个理论家证明,否定高利贷者的偏见是愚蠢的。"

"是的!"老头说。

"根据边沁的观点,既然金钱原则上是一种商品,代表金钱的同样也是商品,"庭长接着说,"众所周知,既然票据是商品,就免不了随市价涨落,由于有这样那样的人签字,就像这样那样的文章,在市场上会时多时缺,有时昂贵,有时掉到一文不值,法庭决定……(嘿!我多蠢,对不起)我认为您可以把令弟的债券打个二五折赎回来。"

"您……您称他为杰……杰……杰……杰雷米·边……"

"边沁,一个英国人。"

"这个杰雷米让我们做生意避免了叫苦不迭。"公证人笑着说。

"这些英国人有……有……有时候也通……通情达理,"葛朗台说,"这样,根据边……边……边……边沁的看法,如果我兄弟的债券……值……值……值……值……不值什么。是不值什么。我说得对不对?我觉得这很清楚……债主可能……不……不可能。我明,明白了。"

"让我把一切解释给您听,"庭长说,"从法律上讲,要是您拥有葛朗台商号所有欠别人的债券,令弟和他的继承人就不欠任何人的债了。敢情好。"

"敢情好。"老头照着说。

---

① 杰雷米·边沁(1748—1832),英国经济学家,1787年发表《捍卫高利贷》,要求取消对利率的限制。

"平心而论，如果令弟的债券在市场上打折转让转让，您懂得这个词的意思吗？——您的一个朋友当场赎买下来，由于债权人出让时没有受到任何暴力威胁，已故的巴黎的葛朗台的遗产就光明正大地没有债务了。"

"没错，生……生……生……生意就是生意，"箍桶匠说，"话是这么……么……么……么……么说……但是，您明……明……明……明白，事情很难……难……难……难办。我……我……我没有钱……钱，也没有……没有……没有……没有时间，没有……"

"是的，您脱不开身。那么，我代您去巴黎（路费您出，那是小意思）。我去会见债权人，和他们交谈，拖延偿付，只要在清理总数上多付一笔钱，以便收回债券，一切便安排妥当了。"

"我……我们以后再说吧，我不……不……不能，我……我……我不愿意随……随……随……随便答应……不……不……不能做的事总是不能做。您……您明白吗？"

"没错。""您……您给我开……开……开……开窍的话，搅得我脑袋都要涨，涨……涨裂了。我是生平第一次被……被迫去想……想这样的事……"

"是的，您不是法学家。"

"我，我是一个可……可……可怜的葡萄农，一点不懂您……您……您刚才所说的话；我……我……我必须……必须，必须研究一……一下。"

"那么……"庭长又说，摆出一副要总结谈话的模样。

"侄儿。"公证人用责备的语气打断他说。

"怎么，叔叔？"庭长回答。

"你应当让葛朗台先生给你解释他的意图。当下，事关委办一件重要的事。我们亲爱的朋友应该把授权范围说说清楚……"

一下门锤声宣告德·格拉散一家到来，他们进屋，问好致意，使公证人克吕绍没说完他的话。公证人很满意被打断;葛朗台已经在斜睨着他,鼻子上的皮脂囊肿表明内心掀起的一场风暴。首先,谨慎的公证人认为一位初级法庭的庭长不宜到巴黎去,迫使债权人就范,牵连到一件与公正的法律相违背的花招中;况且,由于没有听到葛朗台对出钱还债有任何表示,看到他的侄子参与进去,使他本能地哆嗦起来。因此,他利用德·格拉散一家进来的时机,抓住庭长的手臂,把他拖到窗洞底下。

"侄儿,你的意思已经表达得很够了;这样表示忠诚也足够了。你想得到他的女儿的念头蒙蔽了你的眼睛。见鬼!你不该像一只小嘴乌鸦那样去啄核桃。现在让我来把舵,你只要帮我操作就行了。难道你犯得着损害自己的法官尊严,参与这样一件……"

他没有说完,就听到德·格拉散先生向老箍桶匠伸出手去说:

"葛朗台,我们听说府上惨遭不幸,纪尧姆·葛朗台商号出事了,令弟溘然而逝;我们特地前来对这一噩耗表示哀悼。"

"没有比葛朗台弟弟之死更不幸的了,"公证人打断银行家说,"如果他想到向哥哥求援,也许他不会自杀。我们的老朋友非常爱惜名誉,打算清理巴黎的葛朗台商号的债务。我的侄儿庭长为了让他避免遭到司法事务的麻烦,要代他立马到巴黎去,和债权人磋商,适当满足他们的要求。"

这一席话,得到葡萄园主抚摸下巴的态度认可,使德·格拉散一家三口异常吃惊。一路上,他们痛痛快快地咒骂葛朗台的悭吝,几乎指责他杀害了弟弟。

"啊!我早就知道了,"银行家望着他的妻子,大声说,"太太,路上我不是对你说过吗?葛朗台太爱惜名声了,不会忍受他的姓氏遭到最轻微的损害!有钱而没有荣誉是一种病。[①]我们外省人是爱惜

[①] 法国古典主义悲剧家拉辛(1640—1699)的剧本《诉讼者》中的一句名词:"可是,没有金钱,荣誉只是一种病。"

名誉的!这很好,非常好,葛朗台。我是一个老军人,我不会掩蔽自己的思想;我实话实说:这真是,老天爷!崇高之极。"

说完银行家和老头热烈握手。葛朗台回答:

"崇……崇……崇……崇高可是昂贵的。"

"但是,我的好人葛朗台,庭长先生也别生气。"德·格拉散又说,"这纯粹是一件生意上的事,需要一个生意上的内行去办理。债券退回时要增加的款项、垫款、利息的计算,不是需要熟门熟路吗?我要到巴黎去办事,到时候可以代劳……"

"我们两人……尽……尽……尽量安安安排一下,找到比较可……可……可行的办法,免得我去做……做……做我……我……我不愿……愿意做的事。"葛朗台结巴地说,"因为,您知道,庭长先生自然要我支付旅费。"

说最后这句话时,老头不再口吃了。

"嘿!"德·格拉散太太说,"到巴黎去一趟可是一个乐趣。我呀,我很乐意自己掏钱。"

她对丈夫示意,像是鼓励他无论如何要把这件差事从对手那里夺过来;然后她讽刺地望着脸色沮丧的克吕绍叔侄。葛朗台于是抓住银行家衣服上的一颗纽扣,把他拉到一个角落里。

"我宁可更相信您,而不是庭长。"他对银行家说,"不过其中还有奥妙,"他加上一句,牵动一下皮脂囊肿,"我想买公债,要买数以万计法郎的公债,我只准备出八十法郎一股的价钱。据说每到月底行市就跌。您这方面是内行,是不是这样?"

"当然!那么,我替您买几千法郎的公债吧?"

"开始不要太多,别声张!我玩这个不想让人知道。月底您替我做上一笔;但是一点不要告诉克吕绍家,这会使他们不高兴。既然您到巴黎去,顺便替我可怜的侄儿摸摸人家的底。"

"那就说定了。我明天坐驿车去。"德·格拉散大声说,"我会来听您最后的嘱咐……几点钟?"

"晚饭前,五点钟。"葡萄园主搓着手说。

对立的两派又坐了一会儿。半晌,德·格拉散拍拍葛朗台的肩膀说:

"有这样好的兄弟真不错……"

"是的,是的,表面上是看不出来的。"葛朗台回答,"我是很重骨肉之……情的。我爱我的兄弟,我可以证明这一点,要是花钱不……不多……"

"我们告辞了,葛朗台。"银行家不等他把话说完,便知趣地打断他说,"我提前走,是要料理一下事情。"

"好,好。我呢,为……为了您知道的那件事,我……我也要告……告……告退,回到我的'审议室……室',像克吕绍庭长所说的那样。"

"该死的!现在我又不是德·蓬封先生了。"法官抑郁不乐地想道,脸上的表情有如被对方的辩护律师弄得很尴尬那样。

敌对的两家一起走了。不论这一方还是那一方,都不再考虑早上葛朗台出卖当地葡萄园主的事,而是互相刺探,想了解对老头这一回真正意图的看法,可是枉然。

"你们跟我们一起到德·奥松瓦尔夫人家去吗?"德·格拉散对公证人说。

"我们以后再去,"庭长回答,"如果叔叔允许的话,我答应过德·格里博库小姐,到她那儿去坐一坐,我们先到她家。"

"那么再见了,各位。"德·格拉散太太说。

德·格拉散一家刚离开克吕绍叔侄走了几步,阿道尔夫便对父亲说:

"他们非常生气呢,嗯?"

"闭嘴,孩子。"她母亲驳斥他说,"他们还能听到我们的话。再说,你说的话格调不高,有法科学生的味儿。"

"叔叔,"法官看到德·格拉散一家走远,大声说,"一开始我是德·蓬封庭长，最后干脆又成了一个克吕绍。"

"我看出这使你不高兴；可是风向对德·格拉散一家有利。你这个聪明人怎么糊涂起来了！……让他们去相信葛朗台老头的'我们再说'吧，放心吧，孩子：欧仁妮仍然会是你的妻子。"

不多久，葛朗台仁慈的决心同时从三户人家传布出去，全城人都在谈论他的手足之情。人人都原谅了葛朗台不顾业主们的誓约出售葡萄酒，赞赏他爱惜名誉，颂扬他的慷慨，原来还以为他是做不到的。法国人的性格就是好激动，爱生气，为昙花一现的人物和微不足道的新鲜事儿冲动。芸芸众生，难道都是这么健忘吗？

葛朗台将大门关上以后，把娜侬叫来。

"不要把狗放出来，你也别睡，我们一起还有事要干。十一点，柯努瓦耶会赶着弗罗瓦封那辆四轮双座带篷盖的小马车来到我家门口。听到他来，不要让他敲门，告诉他轻轻驶进来。警察局规定夜间不得喧闹。再说，周围人家也不需要知道我要出门。"

说完，葛朗台上楼到他的密室去，娜侬听到他翻动、搜索东西，走来走去，不过十分小心。他显然不愿惊醒妻子和女儿，尤其丝毫不愿引起侄儿注意。开始他看到侄儿房间有灯光，便咒骂起来。深夜里，欧仁妮关心她的堂弟，似乎听到一个垂死的人的呻吟声，对她来说，这个垂死的人是沙尔：她离开他时，他是那样脸色苍白，那样绝望！也许他会自杀。她突然裹上一件带风帽的皮大衣，想出门去。先是从他门缝中透出来的强光使她担心着火；随后她听到娜侬沉重的脚步声和她的说话声，中间夹杂着好几匹马的嘶鸣声，便放下心来。

"父亲把堂弟劫走了？"她心想，一面相当小心地打开一点门缝，不让门吱呀作响，但是可以看到过道里发生的事。

突然，她的眼睛看到了父亲的眼睛，他的目光不管多么恍惚和毫无顾忌，还是使她吓得浑身哆嗦。老头和娜侬两人的右肩上扛着一根又短又粗的棍子，中间用绳子吊着一只小木桶，就像葛朗台空闲时在烤面包房里制作取乐的那种木桶。

"圣母马利亚！先生，真沉啊……"娜侬低声说。

"可惜只是一些大铜钱！"老头回答，"留神别碰到蜡烛台。"

这个场面只有一支蜡烛照明；蜡烛放在楼梯扶手的两根柱子中间。

"柯努瓦耶，"葛朗台对他inpartibus①的庄园看管人说，"你带手枪了吗？"

"没有，先生。嘿！您这些大铜钱，有什么好怕的？……"

"嗯，是没什么好怕的。"葛朗台老头说。

"再说，我们跑得快，"看管人又说，"您的佃户为您选出了他们最好的马。"

"好，好。你没有对他们说我到哪儿去吧？"

"我根本不知道您去哪儿。"

"好。马车结实吗？"

"主人，结实吗？可以装三千斤。您那些蹩脚的木桶能有多重？"

"嘿！"娜侬说，"这我清楚！将近一千八百斤。"

"别多嘴，娜侬！你可以跟太太说，我到乡下去了，我回来吃晚饭。快走，柯努瓦耶，早上九点之前要赶到昂热。"

马车出发了。娜侬闩好大门，把狗放出来，睡下时肩膀痛得要命。在这个街区里，没有人怀疑到葛朗台出了门以及他此行的目的。老头谨慎透顶。在这座堆满了金子的房子里，从来没有人看到过一个子儿。当天上午他在码头上得知，由于南特接了大批船舶装备的生意，黄金价格涨了一倍，投机商来到昂热，购买黄金，老葡萄园主向佃户借了几匹马，打算赶到昂热抛售自己的黄金，获得巨额收入后，从包税人手中换回国库券，带回购买公债所需的款子。

"父亲走了。"欧仁妮说，她在楼梯上面全听到了。

屋子又恢复了安静，马车逐渐远去的辚辚声，在全城沉睡的索缪终于听不见了。这当儿，欧仁妮先是在心里，然后是耳朵里，听到

---

① 拉丁文，指有名分而拿不到工钱。

一声悲叹,穿过隔墙,从她堂弟的房间传过来。一道像刀刃一样细的灯光,透过门缝,横照在老旧楼梯的栏杆上。"他很痛苦。"她心想,跨上两级楼梯。第二下悲叹声响起,她不由得来到他房门前的平台上。门半掩着,她推开门。沙尔的脑袋垂在扶手椅外,睡着了,笔已从手中落下,手几乎碰到地上。年轻人的睡姿必然引起的忽断忽续的呼吸,使欧仁妮突然害怕起来。她赶紧走了进来。看到有十来封已经封好的信,她心想:"他一定很疲劳。"她看了看地址:法利-布雷尔曼车行、布伊松服装店,等等。她想:"他想必料理好自己的一切事务,以便不久可以离开法国。"她的眼睛落在两封打开的信上。其中一封开头写道:"亲爱的安奈特……"她看了引起一阵头昏眼花。亲爱的安奈特,他在恋爱,有人爱他!没有希望了!他对她说了些什么?这些想法掠过她的脑袋和心房。她看到这些话到处都是,甚至在地砖上,像火光一样。"就这样放弃他!不,我不能看这封信。我应当走开。如果我看了,又怎么样呢?"她望着沙尔,轻轻捧住他的脑袋,搁在椅背上。他任人摆布。仿佛一个孩子,甚至睡着了还感觉到他的母亲,接受她的照料和亲吻,不会惊醒。欧仁妮宛如一位母亲,把他垂下的手搁好,又像母亲一样轻轻地吻他的头发。亲爱的安奈特!一个魔鬼在她耳边呼喊着这几个词。她说:"我知道这样做也许不好,但是我要看信。"欧仁妮转过头去,因为她受到了良心的责备。生平第一次,善和恶在她心里交锋。至今,她没有为任何行动脸红。激情和好奇心战胜了她。每看一个句子,她的心就膨胀一点,看信时使她生命振奋的有刺激性的热情,使她初恋的快感更加甜蜜了。

亲爱的安奈特,什么都不能使我们分离,除了我这次遭到的飞来横祸,那是无论如何谨慎也无法预料的。我的父亲自杀了,他和我的财产都已荡然无存。我成了一个孤儿。就我所受教育的性质而言,我这个年纪还只能被看作一个孩子;然而,我应当像成年人一样,从我掉下的深渊中爬上来。我刚才算了半夜,如果我想清清白白地离开法国——这是毫无疑问的，可是身上连一百法郎也没有，又怎样到印度或美洲去碰运气呢？是的，我可怜的安奈特，我要到气候对人最不利的地方去发财致富。据说，在这样的地方，发财既拿得稳又来得快。至于留在巴黎，我是不可能了。无论我的心还是我的脸面，生来都不能忍受等待着破产者和破产者之子的耻辱、冷淡和蔑视。天啊！亏空了二百万①？……要是回到巴黎，我会第一个星期就在决斗中丧命。因此，我决不会回去。你的爱情，曾经使一个男人的心变得高尚的最温柔和最忠贞的爱情，也不能吸引我回去。唉！亲爱的，我没有足够的钱去你所在的地方，给你和接受最后一吻，使我汲取必要的做一番事业的力量。

"可怜的沙尔，幸亏我看了这封信！我有金子，我可以给他。"欧仁妮说。

她擦了擦眼泪，继续看下去。

　　我还从来没有想过贫穷带来的苦难。即使我有必不可少的一百路易旅费，我还是没有一分钱去做小商品生意。不，不要说一百路易，我连一个路易也没有，要等我在巴黎的债务清偿之后，才能知道我剩下多少钱。如果我一无所有，我就安安分分地到南特去，在船上当水手，像那些苦干起家的人，他们年轻时身无分文，从印度回来时腰缠万贯。从今天早上起，我冷静地考虑自己的前途。对我来说，我的前途比任何人都更加可怕。我受到母亲的娇生惯养，受到最好的父亲的疼爱，一踏上社会便得到你安娜的爱情！我只知生活繁花似锦：这种幸福不可能持久。可是，亲爱的安奈特，我有了更多的勇气，这是过去那个无忧无虑

---

① 沙尔不清楚父亲到底欠了多少债，以为只有二百万，因为这已是一个很大的数目了。

的年轻人所没有的,尤其是那个年轻人习惯于受到巴黎最迷人的女子的宠爱,沉浸在家庭欢乐之中,在家里事事顺遂,父亲对他百依百顺……噢!我的父亲,安奈特,他死了……我考虑过我的处境,我也考虑过你的处境。我在二十四小时内苍老了许多。亲爱的安娜,如果把我留在你身边,留在巴黎,你就要牺牲一切奢华的享受,你的衣着打扮,你在歌剧院的包厢,我们会无法凑足我挥霍的生活所需要的开支;再说,我也不能接受你那么多的牺牲。因此,我们从今天起就永远分手吧。

"他要离开她,圣母马利亚!噢!多么走运啊!"

欧仁妮高兴得跳起来。沙尔动了一下,她吓得哆嗦起来;但幸亏沙尔没有醒。她继续看下去:

我什么时候回来?我不知道。印度的气候会使一个欧洲人很快衰老,尤其是一个操劳的欧洲人。就算是十年以后吧。十年后,你的女儿十八岁了,成为你的伴侣,会刺探你的秘密。对你来说,这将变得很残酷,你的女儿也许会更加残酷。我们见过上流社会的偏见和少女忘恩负义的例子;要善于吸取教训。这四年的幸福时光,要像我一样牢记心头。要尽其所能忠于你可怜的朋友。但是我不会强求,因为,你知道,亲爱的安奈特。我应当适应我目前的处境,用平常人的眼光看待生活,最实际地一天天计算日子。因此我应该考虑结婚,这变成我开始新生活的一种需要;不瞒你说,我在索缪我伯父家里,遇到一位堂姐,她的举止、面孔、头脑和心地都会讨你喜欢,并且我觉得她……

欧仁妮看到这个句子没有写完信便中断了,心想:"他准定是累极了才没有写下去。"

她为他找理由!难道这个天真无邪的姑娘发觉不了这封信渗透

的冷酷吗？受到宗教教育的少女，无知而纯洁，一旦踏入爱情的迷人领域，便觉得一切都是爱情了。她们徜徉其中，被美妙的光辉包围，这种光辉是她们的心灵散发出来的，又反射到她们的情人身上；她们用自己感情的火花，使情人生辉，给予他美好的思想。女人的错误几乎总是来自于信仰善，信仰真。对欧仁妮来说，"亲爱的安奈特，我最亲爱的"，这些字眼在她心中回响，就像爱情最美的语言，温存着她的心灵，有如童年时代，管风琴一再奏出的Veniteadoremus①的神圣音符，使她感到悦耳动听一样。况且，沙尔眼中还饱含着泪水，显示出他心地的全部高尚，一个少女是要着迷的。她怎么能知道，沙尔这样爱父亲，这样真诚地哭悼父亲，这种温情倒不是来自他心地善良，而是由于父爱的深切呢？纪尧姆·葛朗台夫妇总是满足儿子的奇思怪想，给他有钱人的一切乐趣，所以他不至于像巴黎的大多数孩子，面对巴黎的繁华生活，形成欲望，孕育计划，却悲哀地看到由于父母在世而迟迟不能实现，便多少有些犯罪的企图。父亲对儿子挥金如土，终于在儿子心中播下了孝顺的种子，而且这种孝心是真实的，毫无隐蔽的盘算。但沙尔毕竟是个巴黎孩子，受到巴黎风气和安奈特本人的熏陶，习惯于对什么都要斟酌一番；他面孔是年轻人的，其实已老于世故。他接受了这个世界的可怕教育，在这个社会中，一个夜晚在思想上和言谈上犯下的罪，比重罪法庭惩处的还要多；几句俏皮话便把最伟大的思想扼杀；谁看得准确，谁就被看作强者；而看得准就是什么也不信，既不相信感情，不相信人，也不相信发生的事：人们造假。要看得准，就必须每天早上掂量一下朋友的钱袋，善于在政治上凌驾于一切发生的事之上；暂时对一切都不赞赏，既不赞赏艺术品，也不赞赏高尚的行动，对什么事都找出个人利益的动机。那位贵妇，美丽的安奈特，在千百种打情卖俏之后，迫使沙尔认真思考；她用香喷喷的手抚弄他的头发；一面给他重绕发卷，一面教他为人生打算：

---

① 拉丁文，意为"《来吧，让我们赞美主》"（赞美歌）。

她把他变得娘娘腔，又讲究物质享受。这是一种双重的腐蚀，但高雅、精细，品位不俗。

"您真蠢，沙尔，"她对他说，"要教您懂得人情世故真不容易。您对德·吕波克斯的态度很不好。我知道他是一个做事不太体面的人；但是，要等他下台以后，您再随意鄙视他呀。您知道康庞太太①是怎么对我们说的吗？'孩子们，一个人只要在内阁，那就崇拜他；一旦他垮台，就帮着把他拖到垃圾场。有权有势的时候，他就是一尊神；他完蛋了，比阴沟里的马拉②还等而下之，因为他活着，而马拉死了。生活是一连串手段的组合，必须加以研究和追踪，这样才能立于不败之地。'"

沙尔是个过于喜爱时尚的人，不断受到父母的溺爱，受到社交界太多的奉承，所以没有崇高的感情。他母亲投在他心田里的金颗粒，在巴黎这架拉丝机中被拉成了细丝，他使用的时候经表面摩擦，久而久之应是磨旧了。但是沙尔只有二十一岁。在这个年纪，生命的朝气似乎和心灵的纯真密不可分。嗓音、目光、面孔与感情显得和谐一致。因此，当一个人眼睛仍然清澈如水，额上连一条皱纹也没有时，最严酷的法官，最多疑的诉讼代理人，最难通融的高利贷者，也总是不会贸然相信他老于世故、工于心计。沙尔从来没有机会实践巴黎道德的箴言，所以至今他因缺乏经验而仍然是美的。可是，自私自利已不知不觉灌输到他心中。巴黎人所使用的政治经济学的根苗，已潜伏在他心头，一旦他从悠闲的旁观者变成现实生活这出戏剧中的演员，便会很快开花结果。

---

① 康庞太太（1752—1822）：曾受到路易十六王后的保护，但拿破仑委托她主持埃库昂女子学校，因而她在复辟王朝时期受到诟病，学校也被关闭。

② 马拉（1742—1793）：雅各宾党的领袖之一，死后一年左右（1794年9月21日），他的遗体被葬入先贤祠；但第二年，他的骨灰又被取出，葬入圣女热纳维埃芙公墓；他的胸像被拖到街上受尽侮辱，并被扔到蒙马特尔街的阴沟里。据雨果在《悲惨世界》中叙述，他的裹尸布在"大阴沟"的入口处被找到。

几乎所有的少女都沉迷在表面的甜言蜜语中；不过，欧仁妮本来是像某些外省少女那样谨慎和善于观察的，即使堂弟的举止、言谈和行动仍然与心头的灵动相一致，她本来也会提防他。但一个对她来说是不妙的偶然场合，抹去了这颗年轻的心中真正敏感的最后的流露，而且可以说听到了良知的最后叹息。因此她放下这封她认为情深意笃的信，开始赏心悦目地端详睡熟的堂弟：她觉得生活的鲜艳幻想依然浮现在这张脸上。她先是发誓要永远爱他，然后把目光投向另一封信，并不太在乎这种不谨慎的举动。她开始看信，想获得崇高品质的新证据，如同所有女人一样，她对自己选中的人赋予这种品质。

亲爱的阿尔封斯，正当你看这封信的时候，我已经不再有朋友了。但是不瞒你说，尽管我怀疑社交界习惯满口友谊的人，我可是不怀疑你的友谊。因此，我委托你料理我的事务，相信你能把所有的东西卖个好价钱。现在你应该了解我的处境。我一无所有了，想到印度去。我刚给我认为欠过债的所有人写了信，我把想得起来的人列了个清单，随信附上。我的藏书、家具、车马等等，我想，足以付清我的债务。我只想留下一些不值钱的小玩意儿，以便能开始做小生意。亲爱的阿尔封斯，我随即寄上一份出售这些东西的委托书，以免有人提出异议。请把我所有的武器都寄给我。至于布里通①，你可以留下自用。没有人肯出价买下这匹骏马，我宁愿送给你，就像一个垂死的人把平日戴的戒指赠给他的遗嘱执行人一样。有人替我在法利-布雷尔曼车行定制了一辆非常comfortable②的旅行马车，还没有交货，请设法让他们留下，不要我赔偿损失；如果他们不肯这样做，要避免在我目前处境下会玷污我名誉的事发生。我欠那个岛国人③六个路易的赌

---

① 巴尔扎克也有过一匹同样名字的马，因还债而卖掉。
② 英文，意为"舒适的"。
③ 岛国人：不知指哪个国家的人，可能是英国人。

债,别忘了还给他……

"亲爱的堂弟。"欧仁妮说着放下了信,拿着点燃的蜡烛,踏着碎步,溜回自己的房间。她因快乐而异常激动,打开了橡木旧家具的抽屉——这是件文艺复兴时代的精品,上面还依稀可见有名的蝾螈王徽。她取出一只带金丝流苏的红丝绒钱袋,金银的边饰已经用旧,是来自外祖母的遗产。然后,她很骄傲地掂了掂钱袋,美滋滋地把她已经忘了数目的小积蓄数了一遍。她先挑出仍然崭新的二十枚葡萄牙金币,那是1725年约翰五世治下铸造的,每枚能真正兑换到葡币五元。或者据她父亲说,每枚可兑换一百六十八法郎六十四生丁,但市场价为一百八十法郎,因为这种金币罕见,铸造精美,像一个个小太阳那样熠熠放光。另外,有五枚面值一百元的热那亚金币,也是稀有的古币,每枚能兑换八十七法郎,金币收藏家能出到一百法郎,这是她外曾祖父传下来的。另外,有三枚1729年铸造的菲力普五世时代的西班牙金币,每次让蒂耶太太给她时,总是说同样的话:"这珍贵的金丝雀,这小金币,值九十八法郎呢!好好保存,我的小宝贝,这将是你金库里的精华啊。"另外,她父亲最看重的一百枚1756年铸造的荷兰金币,成色略大于二十三开,每枚约值十三法郎。另外,还有一批古物!……守财奴珍视的金徽章、三枚刻有天平的卢比、五枚刻有圣母像的卢比,都是二十四开的纯金;还有印度精美的古币,每枚值三十七法郎四十生丁,喜欢玩赏金币的内行至少出到五十法郎。另外,前天拿到的每枚值四十法郎的拿破仑金币,她不经意地放在钱袋里。

这个金库里有崭新的、没用过的金币,是真正的艺术品,葛朗台老头不时要问起,他要再看看,向女儿详细说明它们固有的价值,比如边缘的做工如何精美,币面如何光亮,字体如何华丽,笔画的轮廓还没有磨损。但是,她既没有去想这些金币的稀有、她父亲的嗜好,也没有去想把父亲这么珍爱的金库送掉对她的危险;不,她想的

是她的堂弟，她算错了几次之后，终于弄清楚，按实价她大约拥有五千八百法郎，按市价可以卖到近六千法郎。看到自己有这笔财富，她高兴得拍起手来，就像一个孩子，喜不自禁，要用天真的动作发泄一下。

这样，父女俩都盘点过自己的财产，他要去卖掉自己的黄金；欧仁妮要把自己的金子扔到爱情的大海里。她把金币重新放回旧钱袋里，拿起钱袋，毫不犹豫地上楼。堂弟私下里的贫困，使她忘记了黑夜和自制；再者，她的良心，她的牺牲精神，她的幸福感觉在为她壮胆。正当她一手拿着蜡烛，一手拿着钱袋，来到房门口时，沙尔醒了，看到他的堂姐，惊得呆若木鸡。欧仁妮走上前去，把蜡烛放在桌子上，用激动的声音说：

"堂弟，我做了一件很对不起你的事，我要请求你原谅；如果你肯宽容，天主也会原谅我的。"

"什么事呀？"沙尔揉着眼睛说。

"我看了这两封信。"

沙尔脸红了。

"怎么会有这种事？"她又说，"为什么我上楼来？说实话，眼下我也搞不清。但是，我看了这两封信也并不太后悔，因为这两封信让我了解了你的心，你的灵魂，还有……"

"还有什么？"沙尔问。

"还有你的计划，你需要一笔款子……"

"亲爱的堂姐……"

"嘘，嘘，堂弟，小点声，不要惊醒任何人。这儿是，"她打开钱袋说，"一个可怜的姑娘的积蓄，她什么也不需要。沙尔，请收下吧。今天早上，我还不知道钱有什么用，你教我弄明白了，钱不过是一种工具，如此而已。堂弟就跟亲兄弟差不多，你可以借用你姐姐的钱吧？"

欧仁妮既是成年女人又是少女，没有想过对方会拒绝，她的堂弟默不作声。

"那么,你要拒绝?"欧仁妮问,在万籁俱寂中可以听到她的心跳。

堂弟的犹豫使她感到羞赧;可是,他所处的困境更加强烈地呈现在她的脑海里,她跪下来说:

"你不收下这些金币,我就不起来!堂弟,行行好,回答呀!……让我知道你肯不肯赏脸,肯不肯宽容,肯不肯……"

听到一颗高尚的心发出绝望的呼喊,沙尔不禁流下泪来,落在他堂姐的手上,他抓住她的手,不让她跪着。欧仁妮感觉到他的热泪,跳过去抓起钱袋,把金币倒在桌子上。

"那么,你答应了,是不是?"她快乐得哭着说,"不用担心,堂弟,你会发财的。这些金币会给你带来好运;有一天你会还给我的;再说,我们可以合伙;总之,你向我提什么条件,我都答应。但是你不必把这笔礼物看得分量有多么重。"

沙尔终于能够表达他的感情了。

"是的,欧仁妮,如果我不收下,我也太小心眼了。不过,有来有往,你信任我,我也要信任你。"

"你什么意思?"她担心地问。

"听着,亲爱的堂姐,我这儿有……"他止住话头,指了指放在柜子上的一只装在皮套里的四方盒子。"你看,那儿有一样东西,和我的生命一样宝贵。这只盒子是我母亲的礼物。从今天早上起,我就想,如果她能走出坟墓,她会将盒子上的金子卖掉,她出于温情,在这只盒子上镶了许多金子;但是,如果由我卖掉,我会觉得这是大逆不道。"

欧仁妮听到最后这句话,痉挛地握住了堂弟的手。沉默片刻,他们互相眼泪汪汪地看了一眼。他又说:

"不,我既不想毁掉这个盒子,也不愿带着它在路上冒风险。亲爱的欧仁妮,你就给我托管吧。朋友之间托付的东西,不会有更神圣的了。你会做出判断的。"

他走过去拿起盒子,从套子中抽出来,打开盖子,神情凄凉地递给欧仁妮看。手工的精巧,使黄金的价值远远超过本身重量的价值。

"你赞赏的还不算什么。"他说着按了一下一个弹簧,露出一个夹层。"这才是我的无价之宝呢。"

他抽出两张肖像,两件德·米贝尔夫人①的杰作,四周镶满珍珠。

"噢!美女,你写信就是给这位贵妇吧……"

"不,"他微笑着说,"这个女人是我的母亲,这是我的父亲,他们是你的婶婶和叔叔。欧仁妮,我要跪下来恳求你为我保存这件宝物。如果我失去了你这笔小小的财富,同时也送了命,这些金子就是给你的补偿;我只能留给你这两幅肖像,你配得上保存它们,但是你宁可毁了它们,也不要让它们落入别人的手里……"欧仁妮沉默不语。"那么,你答应了,是不是?"他优雅地补上一句。

听到堂弟重复她刚才对他所说的话,她对他看了一眼,那是初恋女人的目光,既娇媚又深情;他拿起她的手,吻了一下。

"纯洁的天使,我们之间……钱永远不算什么,是不是?感情才有价值,今后,感情才是一切。"

"你很像你的母亲。她有你一样温柔的声音吗?"

"噢!温柔得多……"

"是的,对你来说,"她垂下眼皮说,"好了,沙尔,你睡觉吧,我要你睡觉,你疲倦了。明天见。"

她将手轻轻地从堂弟的手中抽出来,他给她照明,把她送出去。当他们来到门口时,他说:"啊!我为什么破产呢?"

"没关系,我父亲有钱,我相信是这样。"她回答。

"可怜的孩子,"沙尔往欧仁妮的房间跨了一步,背倚在墙上,说道,"那样的话,他就不会让我的父亲死了,也不会让你过这种苦

---

① 德·米贝尔夫人(1796—1849):当时有名的肖像画家。

日子；总之，他会换一种方式生活。"

"可是，他拥有弗罗瓦封。"

"弗罗瓦封能值多少钱？"

"我不知道，但是他拥有诺瓦耶。"

"蹩脚的田庄而已。"

"他拥有葡萄园和草场。"

"不值一提，"沙尔瞧不起地说，"只要你的父亲有两万四千法郎的年收入，你还会住在这个又冷又四壁空空的房间里吗？"他将左脚又跨上一步，添上说，"我的宝贝就要放在这里面吗？"为了掩盖自己的真实想法，他指了指那只旧橱柜说。

"你去睡觉吧。"她说，不让他走进自己凌乱的房间。

沙尔退了出来，他们相视一笑，表示互道晚安。

两人做着同样的梦睡去。沙尔从此在哀伤中插上几朵玫瑰。次日早上，葛朗台太太看到女儿在早饭前和沙尔一起散步。年轻人仍然一脸悲哀，就像一个身遭不幸的苦命人，在衡量落入苦渊的深度，并已经尝到未来生活的重负。

"我父亲要到吃晚饭时才回来。"欧仁妮看到她母亲脸上挂着不安，这样说道。

从欧仁妮的举止、神情和异常温柔的声音，都可以看出

她和堂弟之间思想一致。也许在他们还没有感到互相结合的情感力量之前,他们的心灵已经热烈地交织在一起了。沙尔待在厅堂里,他的悲伤没有受到打扰。三个女人各忙各的。葛朗台忘了把事务安排好,家里来了一大批人。修屋顶的、铅管匠、泥瓦匠、花坛工、木工、园圃工人、佃户,有的来结算修理费,有的来交租或者来收账。因此,葛朗台太太和欧仁妮不得不来来去去,应付工人和乡下人没完没了的问题。娜侬把送来抵租的东西收进厨房。她总是要等主人发话,才知道哪些东西该留在家里,哪些东西该送到市场去出售。老头的习惯就像大多数乡绅一样,自己喝劣等酒,吃烂果子。傍晚五点光景,葛朗台从昂热回来了。他用金子换回了一万四千法郎,皮包里装满国家证券,在他用证券去购买公债之前,还有利息可拿。他把柯努瓦耶留在昂热,照料那几匹累得半死的马,要他等马休息好了再慢慢赶回来。

"太太,我是从昂热回来的。"他说,"我饿了。"

娜侬在厨房里朝他喊道:"您从昨天到现在没有吃过东西吗?"

"一点也没有吃。"老头回答。

娜侬端来了汤。正当全家吃饭时,德·格拉散来听取他主顾的吩咐。葛朗台老头几乎没有看他侄儿一眼。

"您慢慢吃饭,葛朗台,"银行家说,"我们等会儿再谈。您知道今天昂热的金价吗?有人从南特跑到那里去收购。我要运一些去出售。"

"别送去了,"老头回答,"那边已经足够了。我们是好朋友,我不想让您白白浪费时间。"

"可是,那里的金价涨到十三法郎五十生丁。"

"到过这个价钱。"

"见鬼了,怎么会到这一步?"

"昨夜我到昂热跑了一趟。"葛朗台低声回答。

银行家惊讶得哆嗦了一下。随后,两人交头接耳谈了起来,其间,德·格拉散和葛朗台好几次看了看沙尔。大概是老箍桶匠告诉银

行家,要他购买十万法郎公债的时候,德·格拉散又做出一个吃惊的动作。

"葛朗台先生,"他对沙尔说,"我要到巴黎去,如果您有什么事要交给我……"

"什么事也没有,先生。谢谢您。"沙尔回答。

"能不能再谢得客气一点,侄儿?这位先生是去处理纪尧姆·葛朗台商号的事务的。"

"难道还有什么希望吗?"沙尔问。

"但是,"箍桶匠佯装骄傲的神态,大声说,"你不是我的侄儿吗?你的名誉就是我们的名誉。你不是也姓葛朗台吗?"

沙尔站了起来,抓住葛朗台老头拥抱起来,然后脸色苍白,走了出去。欧仁妮肃然起敬地注视着父亲。

"得,再见,我的好朋友德·格拉散,一切拜托,替我好好糊弄那些人!"

两位外交家握了握手,老箍桶匠把银行家送到大门口;关上门以后,回来坐在扶手椅里,对娜侬说:

"把果子酒给我拿来。"

但他太兴奋了,实在坐不住,于是站起来,望着德·拉贝泰利埃尔先生的肖像,踩着娜侬所谓的舞步,唱了起来:

> 在法国禁卫军中
> 我有过一个好爸爸。①

娜侬、葛朗台太太、欧仁妮一声不响地对视着。当葡萄园主快乐到顶点的时候,总是使她们惶惶不安。晚上聚在一起的时间很快就结

---

① 这首18世纪的歌曲原歌词为:"在法国禁卫军中/我有过一个情郎。"葛朗台改变歌词,是因为德·拉贝泰利埃尔先生身穿禁卫军中尉的服装。

束了。首先，葛朗台老头想早点睡觉，而当他睡觉的时候，全家都应该睡觉；同样，奥古斯特一喝酒，全波兰都醉了。①其次，娜侬、沙尔和欧仁妮的疲倦也不下于一家之主。至于葛朗台太太，她睡觉、吃饭、饮酒都按照她丈夫的意愿行事。不过，在用来消化的两小时里，箍桶匠从来没有这么爱开玩笑，说了很多特殊的警句，只消举出一例，就能想见他的精神状态。他喝完果子酒，望着玻璃杯说：

"嘴唇刚碰到，杯子就空了！世事莫不如此。今昔不能两全。钱花掉，钱袋里就留不住，否则人生岂不美哉。"

他又快活又和气。娜侬搬纺车过来时，他对她说：

"你也累了，别织麻了。"

"啊！好吧！……嘿，我可要闷得慌呢。"女仆回答。

"可怜的娜侬！你要来杯果子酒吗？"

"啊！果子酒嘛，我不反对；太太比药剂师做得好得多。他们卖的简直是药水。"

"他们糖放得太多，一点酒味也没有了。"老头说。

翌日八点，全家聚在一起吃早饭，第一次出现真正融洽的场面。苦难很快将葛朗台太太、欧仁妮和沙尔沟通起来；娜侬也不知不觉和他们情投意合。他们四个人合成了一家。至于老葡萄园主，敛财的欲望得到了满足，相信不久花花公子就要离去，除了送他去南特，不用再花费分文，所以他住在家里也几乎是无所谓了。他听任两个孩子在葛朗台太太照看下各行其是，他是这么称呼他们的。在道德和宗教方面，他是完全信任太太的。草场和公路边上水沟的走向，白杨种植在卢瓦尔河边，在园圃和弗罗瓦封冬天的工程，这些是他特别挂心的事。从此，欧仁妮开始了爱情的春天。自从夜里堂姐把她的金库送给了堂弟那个场面以后，她的心也随着一起交给了堂弟。他们怀着同样

---

① 这是普鲁士的腓特烈二世描写波兰的奥古斯特三世（1696—1763）的一句诗，伏尔泰在《致俄国女皇叶卡捷琳娜二世的书简诗》中引用过。

的秘密,对视时心心相印,进一步加深他们的感情,步调更一致,关系更亲密,可以说使他们俩置身于日常世界之外了。亲属关系难道不允许声调有种亲切感,目光温柔吗?因此欧仁妮乐于以初恋时童稚的快乐去消除堂弟的痛苦。

在爱情的开始和生命的开始之间,不是有一些动人的相似处吗?我们不是以甜蜜的歌声和温柔的目光催促孩子入睡吗?我们不是以神奇的故事去渲染他的锦绣前程吗?希望不是持续地展开光芒四射的翅膀吗?他不是时而高兴得流泪,时而痛苦得流泪吗?他不是动辄争吵,要用石子建造一座活动的宫殿,鲜花刚摘下来就置诸脑后吗?他不是急切地要抓住时间,去闯荡生活吗?爱情是我们的第二次蜕变。在欧仁妮和沙尔之间,爱情和童年是同一回事:这是有各种各样幼稚表现的初次激情,尤其因为他们被忧愁笼罩着,他们的心灵就更显得妩媚。

这爱情的产生是在丧服中挣扎出来的,因而和这破旧的屋子简朴的外省气息相协调。沙尔和堂姐在寂静的院子的井边交谈了几句,待在这个小花园里,坐在长满青苔的长凳上,一直到落日西沉时分,顾着说些无关紧要的话,或者在院墙和屋子之间,就像在教堂的拱廊下笼罩的宁静中遐想,明白了爱情的神圣;因为他的那个贵妇人,他亲爱的安奈特,只让他经历暴风骤雨般的激荡。此时他离开了巴黎卖弄风情的、爱虚荣的、光彩夺目的爱情,体验到纯洁而真实的爱情。他喜欢这幢房子,不再觉得这家人的生活习惯有多么可笑了。

他一清早下楼,以便赶在葛朗台分配食物之前和欧仁妮聊一会儿。当老头的脚步在楼梯上响起的时候,他赶紧溜到花园里。这早晨的约会连葛朗台太太也蒙在鼓里,娜侬装作没有看见;这种偷偷摸摸,给这世上最纯洁的爱情打上偷尝禁果的强烈乐趣的印记。继而,早饭之后,葛朗台老头出门去察看他的田地和作物,沙尔待在母女俩之间,帮她们摇纱,看她们干活,听她们闲聊,感到从未有过的快乐。这种近乎修道院般的生活的简朴,向他显示了她们心灵的美,而

她们是不熟悉上流社会的,这使他深受触动。他原来以为法国不可能有这种生活习惯,只能存在于德国,尽管只是存在于神话和奥古斯特·拉封坦①的小说中。他不久便发现欧仁妮是歌德笔下玛格丽特的理想化身,而又没有玛格丽特的缺点。

总之,他的目光、他的谈吐一天天迷住了可怜的姑娘,使她甜蜜地沉醉在爱河之中;她抓住自己的无上幸福,犹如游泳者抓住一根柳枝,想上岸休息。日子飞也似的过去,即将来临的离别之苦,不是已经给这些乐融融的时光蒙上了凄惨的色彩吗?每天总有一件小事提醒他们分手在即。德·格拉散出发三天之后,葛朗台带着沙尔到初级法庭,签署一份放弃继承父亲遗产的文件,像外省人做这种事那样神态庄严。这是可怕的放弃!类似离弃家庭。他又到公证人克吕绍那儿,办了两份委托书,一份给德·格拉散,另一份给代卖家具的朋友。然后要填写获得出国护照的必需手续。最后,沙尔在巴黎定做的简单丧服运到了,他把索缪的一个裁缝叫来,把用不着的衣服卖掉。这个行动让葛朗台老头特别高兴。

"啊!这样才像一个要漂洋过海、想发财致富的男子汉,"他看到侄儿穿上黑粗呢的丧服时,这样说,"好,非常好!"

"请您相信,伯父,"沙尔回答他说,"我清楚要记住我眼下的处境。"

"这是什么?"老头看到沙尔给他看的一把金子饰物,眼睛明亮起来。

"伯父,我把纽扣、戒指和所有值点钱的多余物品都凑起来;可是我在索缪一个人也不认识,我想请您今天上午……"

"替你把这卖掉?"葛朗台打断他说。

"不,伯父,我想请您给我介绍一个靠得住的人……"

"给我吧,侄儿;我到楼上去给你估价,我下来再告诉你值多少

---

① 奥古斯特·拉封坦(1758—1831):德国小说家,擅长写家庭生活。

钱,一个生丁也不差。首饰金,"他察看一条长金链,说道,"十八到十九开。"

老头伸出大手,把一堆金饰物捧走了。

"堂姐,"沙尔说,"请允许我送给你这两个纽扣,可以把丝带系在手腕上,这样的手镯眼下很时兴。"

"我不推脱,收下了,堂弟。"她说,向他投去会心的一眼。

"伯母,这是我母亲的顶针,我一直珍藏在旅行梳妆盒里。"沙尔说着把一枚漂亮的金顶针递给葛朗台太太。她盼望有这样一枚顶针已有十年了。

"真不知怎样感谢你才好,侄儿,"老太太热泪盈眶地说,"我一早一晚祈祷时都会为你加一节最虔诚的祷告,祝你出门平安。如果我不在了,欧仁妮会为你保存好的。"

葛朗台推门进来说:"一共值九百九十八法郎七十五生丁,侄儿。不过,为了免得你拿去卖的麻烦,我就现款付给你吧……利弗尔整数算。"

"利弗尔整数算"这个说法是卢瓦尔河一带的方言,是指六利弗尔的钱币算作六法郎,不作扣除。①

"我刚才没敢向您提议买下来,"沙尔回答,"不过,要在您居住的城市里卖掉我的首饰,真叫我讨厌。拿破仑说过,脏衣服要在家里洗。因此我感谢您的好意。"

葛朗台搔搔耳朵,沉默片刻。

"亲爱的伯父,"沙尔不安地望着他,又说,仿佛担心伤害了他的敏感,"堂姐和伯母都很乐意收下了我微薄的纪念品;请您也赏光收下这些袖管的纽扣,我已经用不着了:它们会让您想起一个可怜的孩子,他远离你们,会想念你们,因为今后只剩下你们是他的亲人了。"

---

① 按理,据1810年的规定,六利弗尔一枚的钱币值五点八法郎。

"孩子，孩子！不该这样把东西全送光啊……太太，你怎么啦？"他朝她转过身来，贪婪地说，"啊！一枚金顶针。你呢，宝贝女儿，哟，钻石扣子。好吧，我收下你的纽扣，孩子，"他握住沙尔的手说，"但是……你要答应我……替你付……是的，替你付……到印度的旅费。是的，我愿意替你付旅费。你看，孩子，替你的首饰估价时，我只算金子的钱，也许手工还能算点钱。就这样说定了。我给你一千五百法郎……利弗尔整数算，克吕绍会借给我这笔钱，因为我家里连一个子儿也没有，除非佩罗泰把欠租交来，就有钱付了。得，得，我去找他。"

他拿起帽子，戴上手套，出去了。

"你要动身了吗？"欧仁妮说，看他的目光既忧郁又赞赏。

"该动身了。"他说，垂下了头。

这几天以来，沙尔的神态、举止、谈吐都变得悲切万分，但是，由于感到巨大的责任压在肩上，他从自己的不幸中汲取了新的勇气。他不再长吁短叹，而变成一个男子汉了。因此，欧仁妮看到堂弟穿上粗呢黑丧服下楼，与他苍白的脸色和阴郁的神态十分相称，觉得比以往更了解他的性格。这天，母女俩也穿上丧服，和沙尔一起到本区教堂参加为已故的纪尧姆·葛朗台举行的追思弥撒。

吃中饭时，沙尔收到巴黎的来信，看了起来。

"哎，堂弟，事情办得满意吗？"欧仁妮低声问道。

"千万别问这些问题，女儿。"葛朗台回答，"见鬼，我的事从来不告诉你，为什么你要插手你堂弟的事？别烦他了。"

"噢！我根本没有秘密。"沙尔说。

"咄，咄，咄，你以后会知道，做买卖要守口如瓶。"

当这对情人独自待在花园里的时候，沙尔把欧仁妮拉到核桃树下的旧木凳上坐下，对她说：

"我没有看错阿尔封斯。他做得很出色。他把我的事情处理得很谨慎，也很尽心。我在巴黎的债都还清了，我所有的家具卖了个好价钱。他告诉我，他请教过一位远洋货船的船长，把剩下的三千法郎买了一批欧洲珍奇的小玩意儿，到印度可以大赚一笔。他把我的包裹发送到南特，那里有一艘货船要开往爪哇。再过五天，欧仁妮，我们要分手了，也许是永别，至少要很长时间。我的那批小玩意儿和两个朋友汇给我的一万法郎，是我做生意最初的本钱。我要过几年才能想到回来。亲爱的堂姐，不要把你的生活和我的放在一起考虑；我可能客死他乡，也许有钱人家会来对你提亲……"

"你爱我吗？……"她问。

"噢！爱，非常爱。"他回答，声调的深沉显现出感情的同样深沉。

"我会等待，沙尔。天啊！父亲站在窗口。"她把凑近过来想拥抱她的堂弟推开。

她逃到门洞下面，沙尔跟随着她；看到他跟过来，她躲到楼梯脚下，推开自动关闭的门。然后，她不知不觉走到娜侬的那间陋室旁边，过道里最阴暗的地方。沙尔一直跟到那里，抓住了她的手，放在自己的胸口上，并搂住她的腰，轻轻地贴在自己身上。欧仁妮不再抗拒；她接受也给了一个最纯洁、最甜蜜、最倾心的吻。

"亲爱的欧仁妮，堂兄弟比亲兄弟还好，他可以娶你。"沙尔对她说。

"但愿如此！"娜侬打开她陋室的门，大声说。

一对情人吓得逃到厅堂里。欧仁妮重新拿起她的活计；沙尔看起了葛朗台太太祈祷书中的圣母经。

"得！"娜侬说，"我们大家都在祷告呢。"

自从沙尔宣布要动身以后，葛朗台就忙开了，让人相信他非常关心侄儿；凡是不用花钱的地方他都很大方。他想方设法要给侄儿找到一个打包工人，又说这个人的箱子太贵；于是他自告奋勇，亲自来做，利用家里的旧木板；他一大清早便起来，刨呀，装配呀，平整呀，钉板呀，做成了几只很美观的箱子，把沙尔的东西全都放了进去;他负责叫人送到卢瓦尔河的船上,保了险,以便及时运到南特。

自从过道里的一吻之后,欧仁妮觉得日子飞也似的快得吓人。有时她想跟堂弟一起走。凡是经历过最难分难舍的爱情的人,凡是经历过因年龄、时间、不治之症或者某些天灾人祸的打击,以至爱情的延续日益缩短的人,都能理解欧仁妮的烦恼。她在花园里散步时常常哭泣;对她来说,如今花园、院子、房子、城市都太狭小了:她提前冲到大海之上了。

终于到了沙尔动身的前夕。早上,趁葛朗台和娜侬不在家,藏着两张肖像的宝盒被庄严地放进了大柜上带锁的唯一抽屉,那里的钱袋现在空空如也。安放宝盒时,他俩免不了吻个没完,泪水纵横。当欧仁妮把钥匙藏进胸口时,她没有勇气阻止沙尔吻她放钥匙的地方。

"钥匙将永远放在这里,我的朋友。"

"那么,我的心也始终在那里。"

"啊!沙尔,这不行。"她说,语气并无责备之意。

"我们不是已经结婚了吗?"他回答,"你已经答应了我,现在我来起誓。"

"永远属于你!"这句话两人都说了两遍。

世界上任何誓言都没有这么纯洁:欧仁妮的纯真顷刻间使沙尔的爱情变得神圣了。第二天早上,早饭吃得很沉闷。沙尔给了娜侬那件金线睡袍和一个挂在胸前的十字架,她不由自主地让感情流露出来,眼里含着泪水。

"这可怜的小少爷要漂洋过海了。愿天主一路保佑他。"

十点半,全家出门送沙尔去搭乘驶往南特的驿车。娜侬把狗放出来,关上大门,要替沙尔去扛旅行袋。老街上的所有商人都站在店门口,看着这一行人走过,到了广场,公证人克吕绍也加入这一行列。

"待会儿别哭,欧仁妮。"母亲嘱咐她。

"侄儿,"葛朗台在客栈门口抱吻了沙尔的双颊,说道,"你走的时候穷,回来时要发财,这样你父亲的名誉就不会受损害。我,葛朗台，我向你担保；因为，到那时，就看你……"

"啊！伯父，你减轻了我的离愁别绪。难道这不是您能送给我的最好礼物吗？"

沙尔并不明白他打断的老箍桶匠的话，把感激的泪水洒在伯父黑苍苍的脸上，而欧仁妮使劲握紧沙尔的手和父亲的手。公证人赞叹葛朗台的精细，微笑着，因为只有他明白老头的意思。四个索缪人，周围还有几个人，站在驿车前，等着马车出发；当马车在桥上消失，只听到远处传来的车轮声时，葡萄园主喊了一句："一路平安！"幸亏只有公证人听到这喊声。欧仁妮和她母亲已经跑到站台还能看到驿车的地方，挥舞着白手帕，沙尔也挥帕致意。待到欧仁妮再也看不到沙尔的手帕时，她说：

"母亲，我真希望有天主的法力，只要一会儿。"

为了不致中断葛朗台家里接二连三发生的事，有必要把老头委托德·格拉散所办的事先交代一下。银行家动身之后一个月，葛朗台得到了一张十万法郎的公债登记证，是以八十法郎一股买进的。他死后，为他做财产清单的人提供的情况，根本无法表明这个多疑的人是通过什么方法用这笔钱换到登记证的。公证人克吕绍认为娜侬不知不觉成了运送款子的忠实工具。大约在这个时期，女仆离开了五天，说是到弗罗瓦封办事，仿佛老头可能有什么东西落在那儿。至于纪尧姆·葛朗台商号的事，箍桶匠的所有预料都一一兑现了。

众所周知，法兰西银行对巴黎和各省的富商都做过极其准确的调查。索缪的德·格拉散和费利克斯·葛朗台是榜上有名的，作为拥有可以自由抵押的广大地产的金融界名流而声誉显赫。据说索缪来了个银行家，出于维护名声而负责清理巴黎的葛朗台商号，这就足以使已故的商人免受拒绝证书[①]的耻辱。财产当着债权人的面启封，当事人的公证人按规定开始进行财产登记。不久，德·格拉散把债权人召集

---

① 拒绝证书：指债主证明债务人到期不清偿债务的文件。

到一起,他们一致推举索缪的银行家和弗朗索瓦·凯勒为清理员,把清偿债务和同时挽回葛朗台名誉的一切必要权利委托给他们;凯勒是一家殷实商号的老板,同时又是主要债权人之一。索缪的葛朗台的信誉,加上德·格拉散的机构在债权人心中播下的希望,方便了达成和解协议;在债权人中没有遇到一个为难的人。谁也没有将自己的债权放在盈亏的总账上算一算,人人心想:"索缪的葛朗台会偿还的!"

六个月过去了。那些巴黎人偿付了流通的债券,保存在自己的皮包里。这是箍桶匠想达到的第一个结果。

第一次聚会之后九个月,两位清理人给每个债主发放了百分之四十七的债款。这笔款子是变卖了已故的纪尧姆·葛朗台的证券、动产、不动产以及其他东西所得,手续办得滴水不漏。清理工作做得极为精确、诚实。债权人乐于承认葛朗台兄弟的信誉值得赞赏和无可挑剔。这些赞誉及时地流传开来,债权人要求偿还其余的钱。他们不得不给葛朗台写了一封联名信。

"我们终于交上手了,"老箍桶匠说,把信扔到火里,"耐心

点，小朋友们！"

作为对这封信包含的提议的答复，索缪的葛朗台要求把涉及他兄弟遗产的所有债务文件存放在一个公证人那里，附上已付款项和收据，借口是核对账目，准确地弄清遗产的现有状况。这样存放引起许多争执。一般说，债权人是一类有怪癖的人，今天准备签协议了，明天又全部推翻，稍后则变得极其温厚。今天他的妻子心情好，小儿子长牙了，家里万事如意，他一个苏也不肯吃亏；明天下雨，他不能出门，情绪不佳，只要能了断一件事务，任何建议他都答应；后天，他需要有担保；月底他想把你干掉，这个刽子手！大人怂恿小孩设法在家雀的尾巴上放一粒盐，说这样就能抓住它；债权人就像这样的家雀，或者把债权看作雀儿，结果什么也抓不到。葛朗台观察过债权人的情绪变化，他兄弟的债主都落入他的预料之中。有的生气了，断然拒绝存放债务文件。"好！好极了，"葛朗台看过德·格拉散关于此事的来信后，搓着手说。还有的同意存放债务文件，但条件是确认他们的权利，说不放弃任何权利，甚至保留宣告债务人破产的权利。再次通信后，索缪的葛朗台同意了债主提出的全部保留条件。得到这个让步以后，那些温和的债主就劝说强硬的债主。尽管还有埋怨，债务文件还是交出来存放了。

"这个老头，"有人对德·格拉散说，"是在捉弄您和我们。"

纪尧姆·葛朗台去世后二十三个月，许多商人被巴黎市场的动荡拖住了，忘记了葛朗台到期应付债款的事，或者只是心里在想："看来也只能拿到百分之四十七了。"

箍桶匠早已盘算过时间的威力，他说过，时间是个好魔鬼。到第三年末了，德·格拉散写信给葛朗台，他已设法让债主们同意，只需付出尚欠下的二百四十万法郎的十分之一，便能把债券都交还。葛朗台回信说，造成可怕亏空，害死他兄弟的那个公证人和经纪人还活着，他们倒是逍遥自在，应该起诉他们，让他们吐出一点钱来，减少一些这方的亏损。到第四年末了，亏损数目法定为十二万法郎。清理人和债权人、葛朗台和清理人之间又谈判了半年之久。最后,将近那年的九月,葛朗台被硬逼得要执行时,对两个清理人说,他的侄儿已经在印度发了财,向他表示过有意全部偿还他父亲的债务,所以他不能自作主张替他了结这笔债务;他在等待回音。将近第五年年中,债主们仍然被"全部还清"这几个字将了一军。了不得的葛朗台时不时说出这几个字,暗地里窃笑,总是露出一丝狡猾的笑容,并且骂一句:"这些巴黎人!"但这些债主最后的遭遇却是商务史中闻所未闻的。等到这个故事的发展要他们重新出场时,他们所处的地位正是葛朗台设定好的。

当公债涨到一百一十五法郎一股时[1],葛朗台老头抛出,从巴黎取回约二百四十万法郎的金币[2],再加上登记证给他的公债复利六十万法郎,一起放进了密室的木桶里。德·格拉散留在了巴黎。因为第一,他当上了议员;第二,虽然他有家室,却对索缪的烦闷生活感到厌倦,迷上了公主剧院[3]最漂亮的女演员之一的弗罗丽娜,银行家又恢复了当军需官时的放荡。他的品行甭提了;索缪人认为他淫荡无行。他的妻子很高兴同他财产分割[4],居然有头脑管理在索缪的商号,继续用她的名字经营,以弥补德·格拉散先生的荒唐行为给家产造成的损失。几位克吕绍落井下石,使这个差不多成了寡妇的女人处境不稳,她女儿嫁得很差,她不得不放弃让儿子和欧仁妮联姻。阿道尔夫到巴黎去找德·格拉散,据说变成了一个孬种。克吕绍家取得了胜利。

"您的丈夫真糊涂,"葛朗台以抵押借给了德·格拉散太太一笔款子,说道,"我替您打抱不平,您是一位贤惠的太太。"

"啊!先生,"可怜的女人回答,"谁能料到他从您府上动身到巴黎的那一天,就走上了绝路呢。"

---

[1] 从小说看,这一年应是1824年,当时公债确实涨到顶点,但从未达到一百一十五法郎。
[2] 据专家分析,葛朗台能赚七十二万法郎,可取回二百三十二万法郎。
[3] 即体校剧院,1820年创建,在1824年至1830年称为公主剧院。
[4] 法国于1816年取消了离婚。

"太太,上天可以做证,我尽其所能,到最后一刻仍然阻止他到巴黎去;他那么执意要去,我们现在才明白为什么。"

这样,葛朗台就不欠德·格拉散一家什么情了。

在任何情况下,女人的痛苦要比男人多,程度也更深。男人有力气,也有地方施展他的能力:他活动,奔走,忙碌,思考,能看到未来,从中找到安慰。沙尔就是这样做的。但是女人待在那里,面对郁闷而不能自拔,一直沉落到郁闷打开的深渊之底,并衡量其深度,常常用愿望和泪水去充填这深渊。欧仁妮就是这样做的。她开始接触到自己的命运。感受、恋爱、痛苦、奉献,将永远是女人的生活内容。欧仁妮应是个完整的女人,唯独缺少安慰她的东西。用博须埃出色的话来说,她的幸福就像分散钉在墙上的钉子,收集起来也填不满她的手心①。郁闷不会让人久等,对她来说,不久就倏然而至。沙尔动身的翌日,对大家来说葛朗台家恢复了旧貌,但对欧仁妮来说,房子突然变得空荡荡的。她瞒着父亲,让沙尔的房间保持他离开时的原样。葛朗台太太和娜侬很乐意帮她维持现状。

"谁知道他是不是会比我们预料的更早些回来呢?"

"啊!我真想看到他在这里,"娜侬回答,"我已经习惯伺候他了!他多和气,好得没法说,又长得俊,头发卷得像个姑娘。"

欧仁妮望着娜侬。

"圣母马利亚,小姐,您的眼睛美得要让灵魂罚入地狱②!别这样看人哪。"

从这天起,欧仁妮小姐的美有了新的特点。她的心灵慢慢地潜入对爱情的沉思,还有女人被爱之后的尊严,赋予她的面容那种画家用光环来表现的光辉。在她的堂弟到来之前,欧仁妮可以比作未受圣

---

① 博须埃(1627—1704)在《论生命的短促》中说:"我感到满意,我获得一点幸福的时间,是怎样分布在我的生命之中呢?这就像分隔开来钉在一大片墙上的钉子;你会说,这占了不少地方,把钉子收集起来吧,也不够填满你的手心。"

② 在法国西部和西南部,常说少女的眼睛美要让她的灵魂被罚入地狱。

胎的童贞女；他离去后，她像怀胎的圣母；她的胎儿就是爱情。这两个马利亚迥异，被某些西班牙画家表现得那么出色，成为基督教中屡见不鲜的最光辉的形象之一。沙尔动身后第二天，她去望弥撒，许愿天天去；回来时她在城里的书店买了一幅世界地图，钉在镜子旁边，为的是跟着堂弟一路去印度，从早到晚可以置身于载着他的船上，看到他，对他提出千百个问题，对他说："你好吗？你不难受吗？你教我认识了那颗星星的美丽和用途，你看到它时想念我吗？"早上，她坐在核桃树下被虫蛀的、长满青苔的长凳上遐想，他们在那里说过多少情话和傻话，建造过美满家庭的空中楼阁。她望着围墙上空狭小的一角，遥想未来；接着又望望破旧的墙壁和沙尔房间上面的屋顶。总之，这是孤独的爱情，真正的爱情，能持续不断、渗透到一切思想中，成为生命的本质，或者像祖辈人所说，成了生命的素材。当那些葛朗台老头的所谓朋友晚上来打牌时，她是高兴的，隐瞒着真情；但是，整个上午，她同母亲和娜侬谈起的只是沙尔。娜侬明白她可以同情小姐的痛苦，而不会对老主人失职。她对欧仁妮说：

"如果有个男人真心对我，我会跟他……进地狱。我会跟他……怎么……总之，我会为他去送命；但是……根本没有。我到死也不知道人生是怎么回事了。小姐，请相信我，那个老柯努瓦耶，毕竟是个好人，绕着我的裙子转圈，看上我的年金，不就像到这儿来追求您，盯上先生家产的那些人吗？我看得到，因为我还很精明，尽管我胖得像座塔；唉，小姐，虽然这算不上爱情，我可是挺滋润的。"

两个月这样过去了。过去那么单调的家庭生活，由于对欧仁妮的秘密的极大关注而变得有生气，三个女人的关系也更亲密了。对她们来说，沙尔还生活在厅堂灰暗的天花板下，走来走去。早上和晚上，欧仁妮打开梳妆盒，注视她婶婶的肖像。一个星期天的早上，正当她专心在肖像的面容中寻找沙尔的相貌时，被她的母亲撞见了。葛朗台太太这才知道远行的侄儿和欧仁妮交换宝物的可怕秘密。

"你统统给了他。"母亲惊慌失措地说，"元旦那天，你父亲要

看你的金币，你怎么交代？"

欧仁妮的眼睛呆呆的，这两个女人一上午吓得要命。她们心烦意乱，忘了参加大弥撒，只去参加了读唱弥撒。再过三天，1819年就结束了。再过三天，就要发生一件骇人的事，一件没有毒药、没有匕首、没有流血的市民悲剧，但是，对于剧中人来说，这却要比著名的阿特柔斯①家族中发生的所有惨剧还要残酷。

"我们怎么办呀？"葛朗台太太对女儿说，让手中的毛线活计落在膝盖上。可怜的母亲两个月来受到那么多的磨难，她过冬用的毛线袖套竟然没有织完。这件家事表面上无关紧要，对她却有悲惨的后果。由于没有袖套，在丈夫大发雷霆时吓出一身冷汗，她不幸患了感冒。

"亲爱的孩子，我想，如果你早先把你的秘密告诉我，我们还来得及写信给巴黎的德·格拉散先生。他能把相同的金币寄给我们；尽管葛朗台熟悉你的金币，但是也许……"

"可是，我们到哪儿去找到那么多的钱呢？"

"我可以把我的财产抵押出去；再说，德·格拉散先生会为我们……"

"来不及了，"欧仁妮打断她的母亲，用低沉和异样的声音回答，"明天早上，我们不是应该到他的房间里跟他拜年吗？"

"但是，女儿，我为什么不去看看克吕绍一家呢？"

"不行，不行，这简直是自投罗网，让他们摆布。再说，我已打定主意，我做得对，我一点不后悔。天主会保佑我，听天由命吧。啊！要是您看过他的信，您也会为他着想的，母亲。"

第二天早上，1820年元旦，母女俩心惊胆战，倒想出最自然的托词，用不着郑重其事地到葛朗台的房间去拜年。1819年到1820年的冬

---

① 阿特柔斯：古希腊神话中迈锡尼的国王。他家族里的人互相仇杀，触犯了神，让他的全族都遭受苦难。

天在那个时期最寒冷。屋顶上积满了雪。

葛朗台太太一听到丈夫房里有动静,便过去对他说:

"葛朗台,叫娜侬在我房里生个火吧。天太冷了,我在被窝里都冻僵了。我岁数大了,需要当心保暖。再说,"她稍停片刻,又说,"欧仁妮要过来穿衣服。这样的天气,可怜的姑娘在她房间梳洗会得病的。待会儿我们会到厅堂里壁炉边给你拜年的。"

"咄,咄,咄,咄,长篇大套!太太,这一年你是怎么开始的!你从来没有说过这么多话。我想,你不是吃了浸酒的面包了吧?"沉默片刻,老头大概觉得妻子的建议有理,又说,"太太,就按你的意思办吧。你真是个贤惠的妻子,我可不想你在这个年纪有什么三长两短,尽管一般说来拉贝泰利埃尔家的人是铁打的。"停了半晌,他又说,"嗯,不是吗?我们毕竟得了他们的遗产,我不嫉妒他们。"他咳嗽了几声。

"您今天早上很高兴,先生。"可怜的女人庄重地说。

"我呀,我总是快活的。

> 快活,快活,真快活,箍桶匠,
> 将你的洗衣桶修补停当!"

他一边哼着一边穿好衣服,走进妻子的卧房。"是啊,见鬼,真是冷得够呛。太太,今天早饭有好吃的呢。德·格拉散寄给我块菰肥鹅酱肝!我要到驿站去取来。今天应该给欧仁妮添上一块双拿破仑,"箍桶匠凑在妻子的耳边说,"我没有金币了,太太。我本来有一批古钱,我可以告诉你;但是,为了做买卖,只好忍痛割爱了。"为了祝贺新年,他吻了一下妻子的额角。

"欧仁妮,"善良的母亲喊道,"我不知道你父亲昨晚朝哪边睡,但今天早上他脾气特好。啊!我们会混过去的。"

"老主人今天怎么啦?"娜侬走进女主人的屋里生火时说,"他先是对我说:'早上好,新年好,大傻瓜!到我妻子房里生火,她感到冷。'我看到他伸出手递给我一枚几乎没有一点磨损的六法郎钱币时,我傻不愣登的!噢!大好人哪。毕竟是个可敬可爱的男人。有的人年纪大了心肠就变硬了;而他呢,他甜蜜蜜的,就像您的果子酱,而且越陈越好。他是一个十全十美的大善人……"

葛朗台高兴的奥秘在于他投机大获成功。德·格拉散先生扣除了老箍桶匠支付十五万法郎荷兰债券贴现的折扣,以及为他买进十万法郎公债时替他垫付的缺额,通过驿车给他送来了本季度利息的三万法郎,同时告诉他公债上涨的消息。当时行情到了八十九法郎一股,那些闻名遐迩的大亨一月底以九十二法郎买进。葛朗台在两个月中赚了百分之十二。他已经把账结清,今后每半年可以坐收五万法郎,不用付税,也不用贴补。外省人对公债投资有一种不可抑制的反感,可是他终于弄明白了,在五年内可以不必多费心思,掌握增大到六百万的资本,加上房地产,组成一笔巨大的财富。送给娜侬的六法郎,也许是女仆不知不觉为主人效过大力的酬劳吧。

"噢!噢!葛朗台老头到哪儿去呀?他一大早就像去救火似的奔忙?"店家一面忙于开店门,一面寻思。后来他们看见他从驿站回来,后面跟着驿站的一个脚夫,推着一辆手推车,上面的几个口袋装得满满的。

"水往河里流,老头冲着钱走。"有个人说。

"钱从巴黎、弗罗瓦封、荷兰往他家里流。"另一个人说。

"他最终要买下索缪装进他的兜。"第三个人大声说。

"他不怕冷,总是钻在他的生意里头。"一个女人对她的丈夫说。

"喂!喂!葛朗台先生,如果您嫌麻烦,"他的近邻,一个布商对他说,"我会替您甩掉,一袋不留。"

"噢!这是一些铜钱。"葡萄园主回答。

"是银币。"脚夫低声说。

"要我照顾,就闭上你的嘴。"老头开门时对脚夫说。

"啊!老狐狸,我还以为他耳背呢,"脚夫心想,"看来天冷他听得清。"

"这是二十苏,给你的新年礼物,闭上你的嘴!保守秘密!"葛

朗台对他说,"娜侬会把手推车还给你。娜侬,那两个冒失鬼去望弥撒了吗?"

"是的,先生。"

"来,动手吧!干活,"他喊道,把口袋递给她。转眼间,钱被搬到他的密室,他一个人关在里面。"饭准备好了,就敲我的墙壁。你把手推车送回驿站去。"

全家要在十点吃早饭。

"你父亲不会提出看你的金币了,"葛朗台太太望完弥撒,回家时对女儿说,"再说,你可以装怕冷,我们就有时间到你生日那天把你的金库补上……"

葛朗台下楼时在考虑把巴黎寄来的这笔钱变成黄金,还有他做公债投机获得的了不起的成功。他决定把他的收入都投进去,直到行情上涨到一百法郎。他这样一盘算,欧仁妮便倒了霉。他一走进厅堂,两个女人祝他新年好,他的女儿扑到他的脖子上撒娇,葛朗台太太严肃而庄重。

"啊!啊!我的孩子,"他吻着女儿的双颊说,"我在为你辛苦,你看到了吗?……我希望你得到幸福。有钱才能幸福。没钱就全部落空。喏,这是一个崭新的拿破仑,是我从巴黎弄来的。见鬼,家里连一点金子也没有了。只有你还有金币。把你的金币拿给我看看,小宝贝。"

"啊!天太冷;我们先吃早饭吧。"欧仁妮回答他。

"那么,饭后再看,嗯?这能帮助我们大家消化。德·格拉散这个胖子,居然会送这东西来。"他又说,"吃吧,孩子们,我们分文不花。他不错,这个德·格拉散,我对他很满意。这个有情妇供养的家伙给沙尔效劳,而且是免费的。他把死去的可怜的葛朗台的债务料理得很好。唔!唔!"他满嘴东西,停了一会儿,说道:"这东西好吃!吃吧,太太!这至少管两天的营养。"

"我不饿。我体质很虚弱,你是知道的。"

"啊！是的！你把肚子塞足，不用担心撑破；你是拉贝泰利埃尔家的人，身板结实。你是一棵黄色的小草，我就是喜欢黄色。"

一个当众处决、罪有应得的死囚，也没有葛朗台母女等待饭后大祸临头那么岌岌可危。老葡萄园主谈兴越高，吃得越欢，这两个女人的心就揪得越紧。女儿在这种情况下倒有点支撑：她从爱情中汲取了力量。

"为了他，为了他，"她心里想，"我宁愿死一千次。"

想到这，她向母亲投以鼓励的炯炯目光。

将近十一点，饭吃完了，葛朗台对娜侬说：

"把东西都撤掉，把桌子腾出来。"他望着欧仁妮说，"我们欣赏你的小金库可以更自在些。说实在的，钱不算少了。你足足拥有五千九百五十九法郎，再加上今天上午的四十法郎，总共是六千法郎差一法郎。那么我给你这个法郎，凑足整数，因为，你知道，小宝贝……喂，娜侬，你为什么在听我们说话？掉转脚跟，去干你的活吧。"

娜侬走了。

"听好了，欧仁妮，你必须把你的金币给我。你不会拒绝给你爸爸吧，小宝贝，嗯？"两个女人沉默不语。

"我呀，我没有金子了。以前有，眼下没有了。我会还给你六千法郎的利弗尔，你按照我告诉你的办法投放出去。别想什么压箱钱了。我把你嫁出去的时候——这很快了，我会给你找一个丈夫，他会给你最美的压箱钱，是本省闻所未闻的。听好了，小宝贝。当下有个好机会：你可以拿你的六千法郎买公债，每半年有二百法郎的利息，不用付税，也没有什么补贴，不用怕冰雹、霜冻和水淹，没有什么影响收入。也许你不忍心同你的金币分手，嗯，小宝贝？还是都拿来给我吧。我会替你搜集金币、荷兰金币、葡萄牙金币、印度卢比、热那亚金币；加上你生日我给你的金币，在三年中，你就会恢复半数你漂亮的小金库。你看怎么样，小宝贝？抬起头来。得了，去把小金库拿来吧。我把钱的生死秘诀告诉你了,你真该吻吻我的眼睛。金钱当真像人一样有生命。挤挤搡搡,来来去去,出汗,生育。"

欧仁妮站起身来,朝门口走了几步之后,倏然回过身来,面对面望着父亲,对他说:

"我的金币没有了。"

"你的金币没有了!"葛朗台犹如一匹听到十步处大炮轰鸣的马一样,两腿一挺,直立起来,高声叫道。

"没有了,我没有金币了。"

"你搞错了,欧仁妮。"

"没有了。"

"真见鬼了!"

每当葛朗台这样赌咒时,地板都在震动。

"神圣的天主哟!太太的脸多苍白啊。"娜侬叫道。

"葛朗台,你发这么大火,要把我吓死的。"可怜的女人说。

"咄,咄,咄,咄,你们这些人,你们家的人是死不了的!欧仁妮,你把金币派什么用场了?"他喊道,向她扑去。

"父亲,"女儿在葛朗台太太身边跪下来说,"我母亲非常难受。瞧,别把她逼死啊。"

葛朗台看到妻子以前那么蜡黄的面孔变得煞白,惶恐起来。

"娜侬,过来帮我躺下,"母亲用微弱的声音说,"我要死了。"

娜侬当即去帮女主人，欧仁妮也这样做。她们费了好大的劲才把她搀到楼上她的房间里，因为她爬楼梯都要衰弱得倒下。只剩下葛朗台一个人。然而，过了一会儿，他走上七八级楼梯，叫道：

"欧仁妮，你母亲躺下以后，你下来。"

"好的，父亲。"

她安慰了母亲一番，很快就下楼来。

"女儿，"葛朗台对她说，"你要告诉我，你的金币哪儿去了？"

"父亲，如果您给我的礼物，我不能完全支配，您就拿回去吧。"欧仁妮冷冷地说，一面在壁炉上寻找拿破仑金币，还给了他。

葛朗台赶快抓住拿破仑金币，塞进他的背心小口袋。

"我想我以后什么也不会给你了，不仅是这个！"他说着用拇指甲弹了一下门牙，"你不尊重你父亲，因此你不信任他，你不知道什么是父亲。如果他对你不是一切，他就什么也不是。你的金币到哪儿去了？"

"父亲，我爱您，也尊重您，即使您大发雷霆；但是我要非常谦卑地向您指出，我已经二十二岁[①]了。您常常对我说，我成年了，让我明白这一点。我将我的钱用来做了我乐意做的事，请放心，钱投放在一个好地方……"

"在哪儿？"

"这是一个不能说出来的秘密，"她说，"您没有自己的秘密吗？"

"我不是家长吗？我不能有自己的事务吗？"

"我也有自己的事。"

"如果你不能对你父亲说出这件事，就准定是坏事，葛朗台小姐。"

"是件好事，而我不能告诉我的父亲。"

---

① 此处"二十三岁"更为合适，因为1819年11月中旬，欧仁妮庆祝了她的二十三岁生日。

"至少，你什么时候把金币送掉的？"

欧仁妮摇摇头。

"你生日那天还在吧？"

欧仁妮出于爱情的狡猾，不下于她的父亲出于吝啬的狡猾，她再一次摇摇头。

"从来没有见过这样的固执，这样的抢掠。"葛朗台用越来越升高的声音说，声音逐渐响彻整幢房子，"怎么！在我自己的房子里，在我家里，有人拿走我的金子！只有这么一点金子啊！而且我不知道是谁拿的！金子是宝贵的东西。老实巴交的姑娘会犯错误，把东西送掉，这种事在大贵族，甚至在市民家都见得到；但是，把金币送人呢，因为你把金币送给了某个人，是吗？"

欧仁妮不动声色。

"谁见过这样的姑娘？我是你的父亲吗？如果你把金币投放了，总有一个收据……"

"我有没有自由做我认为合适的事呢？金币是我的吗？"

"但你是一个孩子。"

"成年了。"

葛朗台被女儿的逻辑弄得哑口无言，脸色苍白，跺脚，咒骂；随后，他终于找到了话说，嚷道：

"你这个姑娘是条该死的毒蛇！啊！坏种，你很清楚我爱你，你滥用我的感情。你掐死自己的父亲！没错，你把我们的财产扔到那个穿摩洛哥皮靴的叫花子脚下。真该死，我不能剥夺你的继承权，天杀的！但是我诅咒你，诅咒你、你的堂弟，还有你的孩子们！这样做你不会看到有什么好结果的，明白吗？如果是给沙尔……但是不，这不可能。什么！这个可恶的花花公子居然会抢劫我的东西……"

他望着女儿；她一声不吭，冷漠无情。

"她动也不动，不眨眼睛，比我葛朗台还葛朗台。你至少不是把金币白送人的吧？喂，说呀！"

欧仁妮望着她的父亲,那种讥讽的目光冒犯了他。

"欧仁妮,你是在我家里,在你父亲家里。你想待下去,就得听从他的吩咐。教士嘱咐你服从我。"

欧仁妮低下头去。葛朗台接着说:

"你拿我最珍视的东西来伤害我,我只想看到你服从我。回到你的房间去,待在那里,直到我允许你出来。娜侬会给你端去面包和水。你听到我的话了吗,走呀!"

欧仁妮泪如雨下,跑到母亲身边。葛朗台在花园里踩着积雪绕了好多圈,感觉不到冷。他料到女儿大概在他妻子房里。他想当场抓住她违抗他的命令,便像猫一样轻捷地爬上楼梯。正当欧仁妮将脸埋在母亲怀里,葛朗台太太抚摸着她的头发时,他出现在妻子的房间里。

"别伤心,可怜的孩子,你父亲会消气的。"

"她没有父亲了,"箍桶匠说,"太太,您和我,怎么生出这样一个不听话的孩子?教育得真好,还是信教的呢。怎么,你不在自己房里?得了,去坐牢,去坐牢,小姐。"

"您要把我女儿夺走吗,先生?"葛朗台太太说,露出烧得通红的脸。

"如果您想把她留在身边,就把她带走,你们两个都从我家里出去。天杀的……金币在哪儿?用作什么啦?"

欧仁妮站了起来,傲然地望了父亲一眼。回到自己房里,老头把门锁上了。

"娜侬,"他喊道,"灭掉厅堂的火。"

他过来坐在妻子壁炉角上的扶手椅里,对她说:

"她一准把金币给了那个引诱她的坏蛋沙尔,他就想要我们的钱。"

葛朗台太太看到女儿所处的危险,出于对她的感情,找到了足够的力量显得表面冷静,装聋作哑。

"这一切我一点不知道,"她回答,侧身转向靠墙那边,免得忍受丈夫闪闪发亮的目光。"你这样暴跳如雷,我受不了,我相信我的预感,我要伸直了腿被抬出去了。先生,我想,至少我从来没有引起您烦恼,这回您就放过我吧。您的女儿爱您,我相信她像初生的孩子一样纯洁无邪,因此,别难为她,收回成命吧。天气寒冷彻骨,您会引起她生场大病的。"

"我既不想看见她,也不想和她说话。她要待在自己的房里,只有面包和水,直到她满足自己的父亲为止。见鬼,一个家长应该知道家里的金币到哪儿去了。她手里的卢比也许法国只有这么几枚,还有热那亚金币、荷兰金币。"

"先生,欧仁妮是我们的独生女,即使她把金币扔到水里……"

"扔到水里?"老头喊道,"扔到水里!您疯了,太太。我说话算数,这个您是知道的。如果您想让家里太平,就叫女儿坦白交代,把她的话套出来。女人之间要比我们男人说得通。不管她做了什么事,我决不会把她吃了。她怕我吗?即使她把她的堂弟从头到脚都用金子包装起来,他也已经在茫茫大海上了,哼,我们也追不上了……"

"那么,先生?"

葛朗台太太由于神经紧张,或者由于她女儿的苦难使她格外慈爱和聪明,她答话时洞察到丈夫的皮脂囊肿可怕地动了一下;她改变了想法,但没有改变语气:

"那么,先生,我对女儿比您有更大的控制力?她什么也没对我说,她像您一样。"

"该死的!今天上午您真会说话!咄,咄,咄,咄,我相信您在嘲弄我。您也许和她串通好了。"

他盯着他的妻子。

"当真,先生,如果您想要我的命,您就这样做下去好了。我对您说吧,先生,哪怕要送掉我的命,我还是要对您再说一遍:您这样对待女儿是做错了,她比您讲理。这笔钱是属于她的,她只会好好使用,只有天主有权知道我们做的好事。先生,我求您,饶了欧仁妮吧!……这样,您也会减轻您大发雷霆对我的打击,您也许会救我一命。我的女儿,先生,把我的女儿还给我。"

"我走了,"他说,"家里待不下去了,母女俩说的和议论的都好像……呸!呸!你给了我这样不近情理的新年礼物,欧仁妮,"他喊道,"好,好,哭吧!你现在做的事将来会后悔的,你明白吗?一个月吃两次圣餐有什么用?你居然把你父亲的金币偷偷送给一个游手好闲的家伙,到你没有什么可以给他的时候,他会把你的心也吞掉。你会看到你的沙尔穿着摩洛哥皮靴,不让人碰一下的神态。他值几个钱!他没有心肝,也没有灵魂,因为他没有得到她父母的同意,竟敢拿走一个可怜姑娘的宝物。"

大门关上以后,欧仁妮走出房间,来到母亲身边,对母亲说:

"您为了女儿,真够勇敢的。"

"孩子,你看,做了不让做的事,我们落到什么田地……你让我撒了一次谎。"

"噢!我会恳求天主只责罚我一个人。"

"真的吗,"娜侬慌里慌张地跑来说,"小姐今后只有面包和水吗?"

"那有什么大不了,娜侬?"欧仁妮平静地说。

"啊!主人家的女儿只干吃面包,而我倒经常吃果酱,不行,不行。"

"都别说了,娜侬。"欧仁妮说。

"我就闭嘴不说,但是等着瞧吧。"

二十四年来,葛朗台第一次独自一个人吃饭。

"先生,您可变成单身汉了。"娜侬对他说,"家里有两个女人,还做单身汉,真不是滋味。"

"我没有对你说话。闭上你的嘴,要不然我就轰你出去。你锅子里在煮什么?我听到炉子上有煮开的声音。"

"我在熬油……"

"今晚有客人来,把壁炉生起来。"

克吕绍一家、德·格拉散太太和她的儿子在八点钟来到,很惊讶见不到葛朗台太太和她的女儿。

"我的妻子有点不舒服,欧仁妮在她身边。"老葡萄园主回答,他的脸丝毫没有流露出激动。

闲扯了一小时,上楼去看望葛朗台太太的德·格拉散太太下来了,大家问她:

"葛朗台太太身体怎么样?"

"情况不好,很不好,"她说,"我觉得她的身体状况真的令人担心。在她这样的岁数,应该格外小心,葛朗台老爹。"

"再说吧。"葡萄园主漫不经心地回答。

大家告辞了。当克吕绍一家来到街上时,德·格拉散太太对他们说:

"葛朗台家出什么事了。母亲病得很重,而她并没觉察。女儿眼睛通红,仿佛哭了很久。莫非他们不顺着她的意嫁出她了吗?"

葡萄园主睡下后,娜侬穿着软底鞋悄无声息地来到欧仁妮的房间,给她一个用蒸锅做的肉饼。

"瞧,小姐,"好心的女仆说,"柯努瓦耶给了我一只野兔。您吃得这么少。这个肉饼够你吃一星期;已经冻过了,不会坏的。至少,您不用干吃面包了。那样会伤身体。"

"可怜的娜侬。"欧仁妮握紧她的手说。

"我做得很不错,是精心制作的,他一点没有发觉。猪油、香料都是从我的六法郎里开支的;这几个钱我做得了主。"

然后,她似乎听到了葛朗台的声音,就溜掉了。

几个月内,葡萄园主经常在白天不同的时间来看他的妻子,不提女儿的名字,不去看她,连一点涉及她的话也没有。葛朗台太太没有离开过她的卧房,日渐一日,她的病情加重了。什么也不能使老箍桶匠回心转意。他像一座花岗岩的桥墩一样毫不动摇、严峻和冷酷。他继续按自己的习惯来来去去；但是他不再口吃了，很少交谈，做买卖时表现得比以往任何时候更加苛刻。他在计算中常常出错。

"葛朗台家出事了。"克吕绍一派和格拉散一派这样说。

"葛朗台家究竟出了什么事呢？"索缪人在所有晚会上一般都会提出这样的问题。

欧仁妮上教堂由娜侬陪伴。走出教堂时，如果德·格拉散太太对她说话，她回答时总是闪烁其词，满足不了对方的好奇心。然而，两个月以后，不论是对三个克吕绍，还是对德·格拉散太太，都不可能隐瞒囚禁欧仁妮的秘密。到一定时候，她老不见客，也缺少托词来掩饰了。再有，也不知道是谁把秘密泄露出去的，全城人获悉，从元旦开始，葛朗台小姐被她父亲严令关在自己房里，只有面包和水，没有火取暖；而娜侬给她做好吃的，夜里端给她。大家甚至知道，少女只在她父亲离家时，才能去看望和照顾她母亲。于是葛朗台的行为受到严厉指责。全城人认为他简直无法无天，回想起他的背信弃义和苛刻，他成了千夫所指。他经过时，大家指指戳戳，窃窃私语。当他的女儿由娜侬陪伴，穿过弯弯曲曲的街道去望弥撒和做晚祷时，所有居民都趴在窗口上，好奇地观察这个富有的女继承人的仪态和脸色，她脸上流露出愁容和一种天使般的温柔。她被囚禁，失去父亲的宠爱，对她来说算不了什么。她不是可以看到世界地图、小木凳、花园、墙垣吗？她不是总在回味爱情的吻留在她嘴唇上的甘饴吗？在一段时间里，她不知道城里人对她的议论，她的父亲也不知道。她在天主面前是虔诚和纯洁的，她的意志和爱情帮助她耐心地承受父亲的愤怒和报复。

但是有一种深深的痛苦压倒了其他一切痛苦。她母亲的健康每况愈下，这个温柔慈祥的女人由于临近死亡的灵魂投射出的光辉而变得更美了。欧仁妮时常责备自己无意中造成了吞噬母亲生命这种残酷而慢慢进展的疾病。这种悔恨，虽然得到母亲的劝慰，却把她和她的爱情缚得更紧。每天早上，父亲一出门，她就来到母亲床前，娜侬给她端来早餐。但是，可怜的欧仁妮因母亲的痛苦而痛苦，愁容满面；她暗暗示意娜侬看她母亲的脸色，哭泣着，不敢提到堂弟。葛朗台太太不得不先对她说：

"他在哪儿？为什么他不写信？"

母女俩根本不知道路程有多么遥远。

"让我们心里想着他，母亲，"欧仁妮回答，"而不用提到他。您在生病，您比一切都重要。"

一切就是指他。

"孩子们，"葛朗台太太常说，"我一点不留恋生活。天主保佑我，让我高高兴兴地考虑我苦难的尽头。"

这个女人的话始终是圣洁和虔诚的。在当年的最初几个月，当她丈夫在她身边吃早饭，在她房里踱来踱去时，她反复对他说同样的话，语气温柔，但很坚决，一个女人在行将就木时，反倒有了一辈子未曾有过的勇气。

当他淡淡地问她一句身体怎样时，她总是这样回答他：

"先生，谢谢您对我身体的关心，但是，如果您想让我在临终时好受一些，减轻痛苦，那么您就放过我们的女儿吧；表现出您是个基督徒、好丈夫和好父亲吧。"

听到这些话，葛朗台坐在床边，好似一个看到骤雨来临，不慌不忙躲到一个门洞下的行人。他沉静地听着妻子说话，不作回答。要是她用动人肺腑、温柔亲切、虔诚感人的话去恳求他时，他便说："可怜的太太，你今天脸色苍白得有点吓人。"他的额头像砂岩，他的嘴唇抿紧，仿佛表现出彻底遗忘了女儿。甚至他几乎一成不变的含含糊糊的回答，使妻子苍白的脸上老泪纵横，他也无动于衷。

"愿天主原谅您，先生，"她说，"就像我原谅您一样，您有朝一日会需要宽恕的。"

自从妻子病倒以后，他再也不敢发出可怕的"咄，咄，咄，咄"。可是，这个温柔的天使，虽然面孔的丑陋日渐消失，代之以闪

现出的精神美，他的专制却没有缓和。她对人肝胆相照，祷告的力量使她脸上粗糙难看的线条净化了，变得细腻，使她的面孔发出光彩。有些圣洁的脸，心灵的活动最终会改变外貌的粗俗丑陋，思想的崇高和纯洁又会使之散发出特殊的活力，这种容貌的改变谁没有见过呢？痛苦损耗着这个面容憔悴的女人，她的容貌的改变，对这个心如铁石的老箍桶匠也起着作用，尽管是很微弱的。他的话不那么盛气凌人了，但整天沉默寡言，保持家长的威势主宰着他的行动。他忠心耿耿的娜侬一出现在菜市场上，对她主人旁敲侧击和指责的话便会突然传到她耳朵里；尽管舆论公开谴责葛朗台老头，女仆却为东家争面子。

"喂，"她对那些攻击葛朗台的人说，"难道我们老了不都一样变得心肠更硬吗？干吗你们不愿意他变得心硬一点呢？你们别胡说八道。小姐生活得像女王一样。她不见客，那是她自己喜欢。再说，我的东家自有重要的原因。"

将近春末的一天傍晚，葛朗台太太由于受到比疾病更严重的烦恼的折磨，尽管祈求，也没能让欧仁妮和她父亲和解，便把自己的内心痛苦告诉了克吕绍叔侄。

"让一个二十三岁的女儿只吃面包和水吗？……"蓬封庭长大声说，"而且毫无道理。这已构成了拷打虐待罪，她可以起诉，无论如何……"

"得了，侄儿，"公证人说，"别说你在法庭上那些莫名其妙的话了。放心吧，太太，明天我让人结束这场囚禁。"

听到有人谈论自己，欧仁妮走出她的房间。

"两位先生，"她高傲地走上前去说，"我请求你们别管这件事。我的父亲是一家之主。只要我住在他家里，我就应该服从他。他的行为用不着别人赞成或反对，他只对天主负责。我要求你们以友谊为重，绝口不提这件事。指责我的父亲，等于攻击我们的尊严。两位先生，我感谢你们对我的关心；如果你们能制止我偶尔听到的在城里传播的流言蜚语，我将更加感激你们。"

"她说得对。"葛朗台太太说。

"小姐，阻止闲言碎语的最好方式，就是恢复您的自由。"老公证人肃然起敬地回答。他被幽禁、忧愁和爱情刻写在欧仁妮脸上的美打动了。

"那么，我的女儿，让克吕绍先生费心安排这件事吧，因为他保证能成功。他了解你父亲，知道该怎样行事。如果你想看到我在来日无多的余生过得快活，那就必须不惜一切代价让你父亲同你和解。"

第二天，葛朗台按照囚禁欧仁妮以来养成的习惯，在小花园里转几圈。他利用欧仁妮梳洗的时候出来散步。老头走到大核桃树底下，躲在树干后面，好一会儿注视着女儿的长发，他的脑海里准是在游移不定：是按着性子坚持下去呢？还是去拥抱他的女儿？他常常坐在那张小木凳上，沙尔和欧仁妮就曾在那里海誓山盟。这时，她也在偷窥她的父亲，或者从镜子里张望父亲。如果他站起来，重新散步，她就故意坐在窗前，观察起墙垣来，墙上悬挂着鲜艳夺目的花卉：从裂缝中长出铁线蕨、田旋花、一种黄色或白色的多肉植物、一株在索缪和图尔的葡萄园里常见的景天草。公证人很早就来了，看到老葡萄园主在这六月的艳阳天坐在小木凳上，背靠在分界共有墙上，专心致志地望着女儿。

"有何贵干呀，公证人克吕绍？"他看到公证人，问道。

"我来跟您谈点事儿。"

"哈！哈！您有金子换给我吗？"

"不，不，不是谈钱的事，而是谈您的女儿欧仁妮。大家都在议论你们呢。"

"掺和些什么呀？区区烧炭翁，在家里也是主人。"

"首先，烧炭翁想自杀也行，或者更糟，把钱往窗外扔也行。"

"怎么回事？"

"哎！您妻子病得很重，我的朋友。您本该请贝尔日兰大夫瞧瞧，她有性命之忧呢。我想，如果她得不到应有的照顾，猝然过世，您也不会安心的。"

"咄！咄！咄！咄！您知道我妻子是什么情况！那些医生，一旦踏进您的家，他们一天要过来五六次呢。"

"说到底。葛朗台，随您的便。我们是老朋友了，在整个索缪城，没有一个人像我这样关心与您有关的利益，我不得不对您说实话。眼下，无论如何，您是成年人，您知道怎样处事，得了。再说，我也不是为这事来的。有件事恐怕对您来说严重得多。说白了，您并不想要您妻子的命，她对您太有用了。因此，想一想，如果葛朗台太太过世，面对女儿，您的处境会怎样。您得向女儿报账，因为您和妻子的财产是共有。您的女儿有权和您分家，让您卖掉弗罗瓦封。总之，她继承母亲的遗产，而您却不能继承。"

这番话对老头像是晴天霹雳，他在法律方面不像做生意那么内

行。他从来没有想过拍卖不可分财产的问题。

"因此，我劝您要温柔地对待女儿。"克吕绍总结说。

"但是，您知道她做了什么事吗，克吕绍？"

"怎么？"公证人很想知道葛朗台老头的心腹话，了解到争吵的原因。

"她把她的金币送了人。"

"那么，金币是她的吗？"公证人问。

"他们说的全是一样的话！"老头说，做了一个悲哀的动作，垂下了手臂。

"难道为了这点小事，"克吕绍又说，"您就要设置障碍，在您太太过世后想让她做出让步吗？"

"啊！您把六千法郎的金币说成是小事？"

"喂！老朋友，如果欧仁妮要求清点和分割您妻子的遗产，您知道您要付出多少吗？"

"多少？"

"二十万，三十万，也许四十万法郎！为了想知道实际有多少财产，难道不需要拍卖不可分割财产，变为现款吗？相反，你们好好商量……"

"真见鬼！"葡萄园主大声说，脸色变得苍白，坐了下来，"再说吧，克吕绍。"

停了半晌，或者是极度苦恼之后，老头望着公证人说：

"人生真是残酷，有多少痛苦啊。克吕绍，"他庄重地又说，"您不会骗我吧，您要以名誉起誓，您说的那一套是有法律依据的。给我看《民法》，我想看《民法》！"

"我可怜的朋友，"公证人回答，"难道我不知道我的本行吗？"

"那么这是真的了。我要被女儿抢光，出卖，杀死，吞掉。"

"她是继承母亲的遗产。"

"养儿育女有什么用！啊！我的妻子，我是爱她的。幸亏她硬朗得很。她是拉贝泰利埃尔家的人。"

"她活不过一个月了。"

箍桶匠拍拍自己的脑门,走过来,走过去,向克吕绍瞥了可怕的一眼,对他说:

"怎么办?"

"欧仁妮可以无条件地放弃继承母亲的遗产。您不想剥夺她的继承权吧,是不是?如果您想得到她分到的那一份,您就不要对她粗暴。我对您说的话,老兄,是违反我的利益的。我呀,我要做的是什么呢?清理、登记、拍卖、分家……"

"再说吧,再说吧。别说了,克吕绍。您把我的五脏六腑都搅乱了。您收到金子了吗?"

"没有。不过我有十来枚古币,可以让给您。我的好朋友,同欧仁妮讲和吧。您看,全索缪的人都向您扔石头呢。"

"都是些怪人!"

"得了,公债已经涨到九十九法郎一股了①。人生一世满意一次总可以了吧。"

"涨到了九十九法郎,克吕绍?"

"是的。"

"嘿!嘿!九十九法郎!"老头说,将老公证人一直送到大门口。

刚才听到的消息使他激动不已,他待不住了,上楼来到妻子房间,对她说:

"好啦,太太,今儿白天你可以和女儿一起过,我到弗罗瓦封去。你们俩好好待着。今天是我们的结婚纪念日,好太太:这儿是十埃居,给您在圣体瞻礼节做临时祭坛。你早就想做一个了,好好享受一下,痛快一下,乐一下,多多保重。快乐万岁!"

他把十枚六法郎的埃居扔到妻子床上,捧起她的脑袋,吻了吻她

---

① 实际上当年公债未超过七十九点六法郎一股。

的额头。

"好太太,你好多了,是吗?"

"您心里都容不下女儿,怎么能希望仁慈的天主光临您的家呢?"她激动地说。

"咄,咄,咄,咄,"做父亲的用温柔的声音说,"再说吧。"

"谢天谢地!欧仁妮,"做母亲的快乐得满脸通红,喊道,"快来亲亲你的父亲,他原谅你了!"

但是老头不见踪影了。他大步流星地奔往他的庄园,一面理一理乱七八糟的想法。葛朗台这时开始他的第七十六个年头了。特别在最近两年,他的吝啬有增无减,就像人的一切嗜癖。根据对吝啬鬼、野心家和所有执着一念的人的观察,他们的感情特别专注在痴情的象征物上。看到金子、占有金子,变成了他的嗜癖。他的专制和他的吝啬同步增长,在妻子去世以后放弃掌管哪怕一点财产,他觉得都是反常的事。要对女儿说清财产数目,清点一切动产和不动产,以便拍卖不可分割的财产?……"这不是要抹自己的脖子吗?"他在一块田地里察看压枝葡萄时大声说。

他终于打定主意,在吃晚饭时回到索缪,决意向欧仁妮让步,巴结她,哄骗她,以便到咽气时还执掌着几百万家当的大权,死时还能威风凛凛。老头恰巧带着万能钥匙,正当他蹑手蹑脚上楼,来到妻子房间时,欧仁妮已将漂亮的梳妆盒捧到母亲的床上。她们俩趁葛朗台不在,兴致勃勃地观看沙尔母亲的肖像,从中捉摸出他的面容。

"这完全是他的额头和他的嘴!"正当葡萄园主打开门时,欧仁妮说。看到丈夫投向金子的目光,葛朗台太太叫道:"天啊!行行好吧!"

老头扑向梳妆盒,如同老虎扑向一个睡着的孩子。

"这是什么东西?"他说着把宝盒夺了过来,走到窗前。"多好的金子!金子!"他喊道。"这么多金子!有两斤重。哈!哈!是沙尔用来换你漂亮的金币的。哼!为什么你不告诉我?这是一笔好买卖,小宝贝!你是我的女儿,我承认你。"欧仁妮浑身发抖。"这是沙尔的东西,对吗?"老头又说。

"是的,父亲,这不是我的东西。这盒子是一件神圣的寄存物。"

"咄!咄!咄!他拿走了你的财产,应该补偿你的小宝库。"

"父亲……"

老头想拿出他的刀子撬下一块金子,要把梳妆盒放在一张椅子上。欧仁妮扑过去想夺回来;但是箍桶匠的眼睛同时盯着女儿和梳妆盒,伸手用力一推,欧仁妮倒在她母亲的床上。

"先生,先生。"母亲喊道,在床上坐了起来。

葛朗台已经抽出他的刀子,准备把金子撬下来。

"父亲,"欧仁妮喊道,跪了下来,膝行到老头跟前,向他举起双手,"父亲,看在所有圣人和圣母的分上,看在牺牲在十字架的基督分上,看在您永生的分上,父亲,看在我生命的分上,您别碰它!这个梳妆盒既不是您的,也不是我的;它是一个不幸的亲戚托付给我的,我必须原封不动地归还它。"

"既然是托你保管的东西,你为什么要看它呢?看比撬更糟糕。"

"父亲,别撬坏了呀,否则我没脸见人了。父亲,您明白吗?"

"先生,求求您!"母亲说。

"父亲!"欧仁妮大叫一声,吓得娜侬急忙上楼。欧仁妮扑向手边的一把刀子,当作武器。

"怎么?"葛朗台微笑着,冷冷地对她说。

"先生,先生,您要我的命了!"母亲说。

"父亲,只要您的刀子撬掉一丁点金子,我就要用它捅穿自己。您已经让我母亲病得奄奄一息,您还要杀死自己的女儿。行啊,以牙还牙吧!"

葛朗台拿着刀子,对着梳妆盒,犹豫不决地望着女儿。

"你会这样做吗,欧仁妮?"他说。

"会的,先生。"母亲说。

"她会说到做到的，"娜侬大声说，"先生，您一辈子总得讲一次理吧。"

箍桶匠看看金子，又看看女儿，愣了一会儿。葛朗台太太昏厥了过去。

"哎哟，您看，我的好先生，太太昏过去了。"娜侬喊道。

"得了，女儿，我们别为一个盒子拌嘴了。拿去吧！"箍桶匠赶紧喊道，把梳妆盒扔到床上。"你呢，娜侬，去把贝尔日兰先生找来。得了，太太，"他一面说，一面吻着妻子的手，"没有事了，得，我们讲和了。是吗，小宝贝？别再干吃面包了，你愿意吃什么就吃什么。啊！她睁开眼睛了。喂，妈妈，小妈妈，好妈妈，行啦！哎，你看，我拥抱欧仁妮了。她爱她的堂弟，只要她愿意，她就嫁给他吧，她可以保存这个小盒子。我可怜的太太，您可得长命百岁。哎，动一下身子啊！听着，你会有一个索缪从来没有过的最美的临时祭坛。"

"天啊！您怎么可以这样对待妻子和孩子啊！"葛朗台太太声音微弱地说。

"我以后不会这样做了，不会了，"箍桶匠大声说，"你会看到的，我可怜的太太。"

他回到他的密室，捧了一大把金路易，撒在床上。"喂，欧仁妮，喂，太太，这是给你们的。"他一边说，一边抚弄着路易。"喂，太太，你开开心；身体好起来吧，你会什么也不缺，欧仁妮也不缺。这是给她的一百金路易。你不会送人吧，欧仁妮，嗯？"

葛朗台太太和欧仁妮惊讶地面面相觑。

"把钱收起来吧，父亲；我们只需要您的温情。"

"那么，就这样，"他说着把路易装进口袋里，"让我们像好朋友一样过日子。我们一起下楼吃晚饭，每天晚上都玩两个苏的摸彩。开开玩笑！好吗，太太？"

"唉！我是真愿意这样，因为这能使您高兴，"临危的女人说，

"但是我起不来了。"

"可怜的母亲,"箍桶匠说,"你不知道我多么爱你。还有你,我的女儿!"他搂住她,抱吻她。"噢!吵过以后再拥抱女儿,是多么舒心啊!我的小宝贝!哎,你看,小妈妈,我们现在亲如一人了。把这个拿好了,"他指着梳妆盒对欧仁妮说,"去吧,别怕。我再也不提这个盒子了,永远不提。"

不久,索缪最有名的医生贝尔日兰先生来了。看过病以后,他对葛朗台实话实说,他妻子病情很重,如果让她心境绝对平静,饮食清淡,悉心照料,也许能拖到秋末。

"要花很多钱吗?"老头问,"需要吃药吗?"

"药不多,但要多加照顾,"医生回答,不禁微微一笑。

"总之,贝尔日兰先生,"葛朗台回答。"您是个有声誉的人,是不是?我相信您,只要您认为合适,来看我妻子多少次都可以。请保住我妻子的性命;我非常爱她,虽然表面上看不出来,因为我家里的事都不为外人所知,而且搅得我头昏脑涨。我有伤心事。随着我兄弟的死,伤心事就进入我的家;我为兄弟的事在巴黎花了大笔的钱……这是明摆着的!而且事情没有个完。再见,先生,如果能够救我妻子的命,就救救她吧,哪怕要花上一二百法郎。"

尽管葛朗台热诚盼望妻子的身体好起来,因为她一去世,办遗产登记就会要他的命;尽管他对母女俩有求必应,讨好的态度让她们受宠若惊;尽管欧仁妮对母亲的照料体贴入微,葛朗台太太还是迅速地走向死亡。她一天天衰弱和憔悴,就像大多数在这个年龄患重病的女人那样每况愈下。她脆弱得有如秋天的树叶。天国的光辉却使她容光焕发,宛若阳光透过并镀上金光的树叶。这是与她的生相媲美的死;一个基督徒的死,难道说不崇高吗?

1822年[①]10月,她的贤德,她天使般的耐心和她对女儿的爱都表

[①] 上文中医生说她至多活到1820年秋天,因而有的版本上为"1820"年。

现得格外光彩夺目;她毫无怨言地撒手人寰。她像毫无瑕疵的羔羊上了天,在人间只留恋与她凄凉的一生温柔相伴的女儿,她最后的目光仿佛预示了女儿的千难万苦。想到要把这头和自己一样洁白的羔羊,孤零零地留在这个自私自利的世界上,任人夺取羊毛和财富,她便瑟瑟发抖。

"我的孩子,"她临终前对女儿说,"只在天国才有幸福,你总有一天会明白的。"

她去世后第二天,欧仁妮找到一些新的理由,要依附于这个她出生的、受过那么多痛苦的、她母亲刚刚过世的房子。她望着厅堂的窗子和带垫板的椅子,便不免潸然泪下。她看到老父对她那样温柔体贴,觉得以前不了解他的心:他来扶她下楼吃饭,几小时用几乎是慈祥的目光望着她;他盯着她,仿佛她是金子铸成的。老箍桶匠和从前判若两人,他在女儿面前哆嗦得厉害,以至娜侬、克吕绍一派看到他的柔弱,都归之于他的高龄,并担心他的智能衰退。可是到了办丧事那天,吃过晚饭以后,唯一知道老头秘密的公证人克吕绍也应邀在座,老头的行为有了答案。等到饭桌收拾好,门窗关严以后,他对欧仁妮说:

"我亲爱的孩子,现在你是你母亲的继承人了。我们两人有点小事要解决一下。是不是,克吕绍?"

"是的。"

"有那么急一定要在今天办吗,父亲?"

"是的,是的,小宝贝。我不能这样延续下去,心里没个着落。我相信你不会愿意让我受罪吧。"

"噢!父亲。"

"那么,今天晚上必须把这一切了结了。"

"您要我干什么呢?"

"小宝贝,不过这与我无关。克吕绍,您告诉她吧。"

"小姐,令尊既不愿意分家和变卖产业,也不愿意拿到现款要付大笔的捐税,因此,您和令尊共有的财产,您必须放弃登记……"

"克吕绍,这件事您有把握对孩子这样说吗?"

"请让我说下去,葛朗台。"

"好的,好的,我的朋友。无论您还是我的女儿,你们都不想我的家当。是不是,小宝贝?"

"但是,克吕绍先生,我应该做什么呢?"欧仁妮不耐烦地问。

"唔,"公证人说,"您要在这个文件上签字,放弃对令堂的继承权,把您和令尊全部共有财产的用益权交给令尊处理,而他要保证您享受虚有权……"

"我一点不懂您对我所说的话,"欧仁妮回答,"把文件给我,告诉我要在哪里签字。"

葛朗台老头交替地瞧瞧文件和女儿,女儿和文件,感到非常激动,擦拭掉脑门上冒出来的几滴汗珠。

"小宝贝,"他说,"这个文件送去备案要花很多钱,如果你愿意无条件地放弃对你可怜又可亲的已故母亲的继承权,把它交给我来安排你的未来,文件也不必签字了,我觉得这样更好。我会每月给你一百法郎的丰厚利息。你看,你爱给谁做多少台弥撒都可以……嗯!每月一百法郎,用利弗尔整数算,怎么样?"

"您要我怎么做就怎么做,父亲。"

"小姐,"公证人说,"我有责任提醒您,您是自我剥夺权利……"

"唉!天哪,"她说,"这有什么关系?"

"闭嘴,克吕绍。一言为定,一言为定。"葛朗台大声说,拿起女儿的手,在自己手上拍了一下。"欧仁妮,你是决不会反悔的,你是一个正直的姑娘,嗯?"

"噢!父亲……"

他热烈地拥抱她,把她搂得气也透不过来。

"好,孩子,你给了父亲一条命;不过,你是把他给你的还给他:我们两清了。做买卖就应该这样。生命是一笔买卖。我祝福你!

你是一个大贤大德的姑娘,非常孝顺爸爸。现在干你想干的事吧。明儿见,克吕绍。"他望着惊呆的公证人说,"请您仔细准备一份放弃继承权的文件,交给法庭的档案室。"

第二天中午,欧仁妮签下了自动放弃继承权的声明。可是,老箍桶匠言而无信,他虽然庄严地许诺过每月给女儿一百法郎,但直到年终,连一个铜钱也没有给过。因此,欧仁妮说笑之间提到这件事时,他也会禁不住脸红;他赶紧上楼到密室去,下来时把他从侄儿那里弄来的金饰,捧了约三分之一给她。

"拿去,孩子,"他带着充满讽刺的语气说,"你愿意把这些抵作你的一千二百法郎吗?"

"噢!父亲!您当真都给我吗?"

"明年我给你一样多。"他说着把金饰倒在她的围裙里。"这样,用不了多久,他的那些小饰物就全归你了。"他搓着手加上一句,很高兴能以女儿的感情做笔投机买卖。

虽说老头身体还结实,然而他还是感到有必要让女儿学一学持家的诀窍。连续两年,他让欧仁妮当着他的面吩咐家中饮食,收取田租。他逐渐地和相继地教会她田地和农庄的名字和情况。将近第三年,他让她完全习惯了他所有的吝啬手段,真正地在她身上养成了这种习惯,这才把食品储藏室的钥匙交给她,让她正式当家。

五年过去了,在欧仁妮和她父亲的单调生活中没有什么大事值得一提,都是一些同样的事情,完成得像一座旧挂钟的摆动一样精确无误。葛朗台小姐的郁郁寡欢对谁都不是秘密,但是,即使人人都能感觉到其中的缘由,她却从来没有透露过一句话,足以证实索缪各界人士对这个富有的女继承人内心情感的猜测。跟她来往的,唯有三位克吕绍和他们无意之中带来的几个朋友。他们教她学会了打韦斯特牌,天天晚上都来玩上一局。

1827年,她的父亲感到了风烛残年的分量,不得不让她知道他的田产的秘密,告诉她说,遇到困难,可以信托公证人克吕绍,他的忠实老头是了解的。将近年末，老头八十二岁[①]，终于得了瘫痪，病情进展迅速。贝尔日兰先生认为他的病治不好了。欧仁妮想到自己不久在世上要茕茕孑立，可以说更加亲近父亲，更加扣紧亲情的最后一环。在她的脑海里，正像在所有恋爱的女人的心中，爱情是整个世界，但是沙尔却不在身旁。她对老父亲的照料和关心无微不至。他的智能开始下降，但是吝啬却本能地维持着，因此，这个人的死同他的一生丝毫不形成反差。

从早上起，他让人把他的轮椅推到他的房间的壁炉和无疑堆满金子的密室门口之间。他待在那里，一动不动，但是不安地望着前来拜访他的人，又望望装上铁皮的门。听到有一点响动，他就问清楚怎么回事。令公证人大为吃惊的是，他听得到院子里狗打哈欠的声音。看上去他好像傻乎乎的，但是一到收租、和管庄园的算账或者开收据的日子和时间，他会清醒过来。于是他转动轮子，直到密室门口。他叫女儿打开门，监督女儿亲手将钱袋秘密摞起来，再把门关好。等到女儿把他所看重的钥匙还给他，他又默默地回到原位；钥匙总是放在他的背心口袋里，他不时摸一下。况且，他的老友公证人觉得，如果沙尔不回来，这个富有的女继承人必定会嫁给他当庭长的侄儿，于是格外殷勤周到：他天天来听候葛朗台的吩咐，奉命去弗罗瓦封，去看田地、草场、葡萄园，出售收成，兑换成金币和银币，搬过来秘密地和堆在密室里的钱袋放在一起。

临终的日子终于到来，老头结实的身体和毁灭搏斗着。他想坐在炉火边，面对密室的门。他把别人盖在他身上的所有毯子都拉过来，裹住自己，对娜侬说：

"裹紧，裹紧，别让人偷了我的东西。"

他的全部生命都退缩到他的眼睛里，当他能睁开眼看时，眼睛马上转向密室的门那边，里面堆放着他的财宝。他用显得恐慌不安的声

[①] 葛朗台在1789年是四十岁，1806年是五十七岁，因此，1827年末不会超过七十九岁。

音问女儿：

"钱在那儿吗？钱在那儿吗？"

"在，父亲。"

"看好金子，把金子放到我面前。"

欧仁妮把金路易铺在桌上，他一连几小时待在那里，眼睛盯着路易，仿佛一个刚会看东西的婴儿，呆呆地注视同一样东西；他又像孩子一样露出一丝勉强的微笑。

"这让我暖和！"有时他说，脸上流露出极度幸福的表情。

当教区的本堂神父来给他做临终圣事的时候，他那双似乎已经死去几小时的眼睛，看到银制的十字架、蜡烛台和圣水缸，又恢复了生气，死死盯着，他的皮脂囊肿最后动了一下。当教士把镀金的十字架凑近他嘴唇，让他吻一下基督像时，他做了一个可怕的动作，抓住了十字架，这最后一次努力使他付出了生命。他呼唤欧仁妮，虽然她跪在他面前，他却看不见她，她的眼泪沾湿了他已经冰冷的手。

"父亲，祝福我吗？"她问。

"照看好一切，你在阴间要向我交账。"他说。这最后一句话证明基督教应是守财奴的宗教。

欧仁妮·葛朗台于是在这幢房子里形影相吊了，只有娜侬，她丢个眼色，娜侬便能心领神会；只有娜侬，才是为爱她而爱她；只有跟娜侬，她才能诉说心中的悲哀。大个子娜侬是欧仁妮的保护神。因此，她不再是女仆，而是一个谦卑的朋友。

父亲去世后，欧仁妮通过公证人获悉，她在索缪地区的田产收入每年有三十万利弗尔，有六十法郎一股买进的、年息三厘的公债六百万，眼下的行情是七十七法郎一股；另有二百万的金币和十万法郎的埃居，还不算拖欠未付的款子。她的财产总数达到一千七百万。

"我的堂弟在哪儿呢？"她心想。

公证人克吕绍把不容否认的遗产清册交给欧仁妮那天，只剩下欧仁妮和娜侬在一起，她们坐在这个空荡荡的厅堂的壁炉两边，这里的一切都令人勾起回忆,从她母亲常坐的带垫板的椅子,到她的堂弟喝酒的杯子。

"娜侬,就剩下我们两人了……"

"是呀,小姐。要是我知道他在哪儿,这个帅哥,我会走遍天涯去找他。"

"我们中间隔着大海呢。"她说。

正当这个可怜的女继承人,在这幢构成她整个天地的冰冷而幽暗的房子里,与她的老女仆为伴,以泪洗面时,从南特到奥尔良,人人都在议论葛朗台小姐的一千七百万家产。她首先做的一件事,就是给了娜侬一千二百法郎的终身年金。娜侬原先已有六百法郎年金,她成了一个富有的待嫁姑娘。不到一个月,她便从姑娘变成了媳妇,嫁给了当上葛朗台小姐田产和庄园总管的安托万·柯努瓦耶。柯努瓦耶太太远胜过同时代的女人。她虽然已经五十九岁①,看上去却不超过四十岁。她粗糙的面容经得起岁月的侵蚀。由于过着修道院式的生活,她面色红润,身子骨铁打似的,笑傲衰老。兴许她从来没有像结婚那天这样健美。她沾了长得丑的光。她块头大,肥胖,强壮,岁月摧残不了的脸有一副福相,使得有些人嫉羡柯努瓦耶的命运。

"她气色很好。"布店老板说。

"她能生儿育女,"盐商说,"请勿见怪,她像在盐水里泡过,不会坏的。"

"她很有钱,柯努瓦耶算是捞着了。"另外一个邻居说。

娜侬在街坊中人缘很好,在走出老屋,走下弯曲的街道,上教堂去时,一路受到祝贺。欧仁妮送她三套十二件的餐具作为结婚礼物。柯努瓦耶没有料到女主人这样慷慨,热泪盈眶地提起她:他甘愿为她丢掉脑袋。柯努瓦耶太太成了欧仁妮的心腹之后,对她来说,又有了

---

① 小说开头提到过娜侬六十来岁,她为葛朗台服务时是二十二岁,至1819年有三十五年,五十七岁,再过不到八年,应有六十四五岁。

一种和拥有丈夫相媲美的赏心乐事。她终于像她已故的主人那样，可以每天早上打开和关上食品储藏室，安排伙食。另外，她有两个仆人可以支配：一个厨娘，一个负责缝补衣服和缝制小姐衣裙的女仆。柯努瓦耶兼顾看守和管家二职。不用说，娜侬挑选的厨娘和女仆都是真正呱呱叫的。这样，葛朗台小姐有四个忠心耿耿的仆人。佃户们不觉得老头去世，他早已严格定下了管理制度和章法，柯努瓦耶夫妇仔细地照章办理。

欧仁妮到了三十岁还没尝过一点人生乐趣。她平淡而孤寂的童年，是在一个内心得不到理解、受到伤害、始终忍受痛苦的母亲身边度过的。这位离开人世只觉得快乐的母亲，为女儿还得活下去而担心，在女儿心中留下轻微的悔恨和永久的怀念。欧仁妮的初恋和唯一的爱情，是她愁苦的根源。她和情人只见了几天面，便在偷偷地给予和接受的两个亲吻之间，把自己的心奉献给了他；后来他走了，两人天各一方。这被她父亲诅咒的爱情，可以说断送了她母亲的生命，给她只留下掺杂着渺茫希望的痛苦。至今，她为追求幸福而耗尽精力，却得不到补充。在精神生活中，正如在肉体生活中，存在呼气和吸气：心灵需要吸收另一个心灵的感情，充实自身，然后以更丰富的感情回送对方。人与人之间缺少这种美好的现象，心灵便没有活力；于是它缺少空气，便会感到痛苦和憔悴。

欧仁妮开始感到痛苦。对她而言，财富既不是一种权力，也不是一种安慰；她只能靠爱情、宗教和对未来的信念而活着。爱情让她明白永恒。她的心和《福音书》告诉她，有两个世界等待着她。她日日夜夜都沉浸在两种没完没了的想法中，对她来说，这两种想法也许只是一种。她龟缩到内心，她在恋爱，也以为别人爱她。七年来，她的爱情渗透到一切之中。她的财富不是日积月累的千百万法郎，而是沙尔的梳妆盒，是两幅挂在床头的肖像，是从父亲那儿赎回的饰物，这些饰物如今傲然地摊在大柜抽屉的一层棉花上；是她母亲使用过的她婶婶的顶针，她每天都毕恭毕敬地戴在手上刺绣，只是为了把这只充满回忆的金顶针套在手指上,如同佩涅洛佩①持续不断地干活。看来葛朗台小姐不会在服丧期间结婚。她真诚的孝心众所周知。因此,克吕绍一家在老神父高明的指导下,采用的策略仅仅是以体贴入微的关怀来包围女继承人。

她家里每天晚上高朋满座,都是当地鞠躬尽瘁、死心塌地的克吕绍派的人,他们千方百计以不同音调向女主人唱赞歌。她有随从御医、大布道师、侍从官、梳妆女官、首相,尤其是对她无所不言的掌玺大臣。如果女继承人想有一个提裙裾的女侍,他们也会给她找到一个的。她是女王,是所有女王中被最巧妙地奉迎的女王。卑谄足恭决不会出自伟大的心灵,而是宵小之徒的特性,他们能够自惭形秽,以便更好地进入他们围着转的那个人的生活范畴。谄媚不言而喻是隐藏着个人利益的。因此,每天晚上挤满葛朗台小姐的厅堂的人,称她为德·弗罗瓦封小姐,绝妙地用花言巧语颂扬她。这片赞扬声对欧仁妮来说很新鲜,先是使她脸红;但是不知不觉间,不管吹捧有多么肉麻,她的耳朵还是习惯听到赞美她的美丽,如果有个新来乍到的人觉得她难看,她对这种贬斥之词就不会像八年前那样满不在乎了。随后,她终于爱听从前暗中献给偶像的那些柔情蜜意的话。她逐渐习惯被人当成女王来对待,看到自己的宫廷每天晚上挤满了人。德·蓬封庭长先生是这个小圈子的男主角,他的才气、他的人品、他的教养、他的和蔼,不断受到赞扬。这一个指出,七年来,他的财产大大增加;蓬封那块地至少有一万法郎的年收入,而且和克吕绍家的所有田产一样,四周是女继承人的广大产业。

"您知道吗,小姐?"一位常客说,"克吕绍家一年有四万法郎的收入呢。"

"而且他们有积蓄,"克吕绍派一个名叫德·格里博库的老小姐

---

① 佩涅洛佩:古希腊神话中奥德修斯之妻,忒勒马科斯之母,在丈夫离家的二十年中,拒绝所有的求婚者。

说,"最近巴黎来了一位先生,以二十万法郎把他的事务所盘给克吕绍先生。如果他能当上治安法官,就应该出让事务所。"

"他想接替庭长先生,当上初级法庭庭长,预先采取措施,"德·奥松瓦尔太太接口说,"因为庭长先生要升任法院推事,然后再升任为法院院长,他办法很多,会如愿以偿的。"

"是的,他的确不同凡响,"另一个人说,"您不也有同感吗,小姐?"

庭长竭力把自己打扮得和他想扮演的角色相配。尽管他已经四十岁,尽管他那张令人生厌的棕色脸就像几乎所有司法人员的脸一样憔悴,他却穿得像年轻人,舞弄着一根白藤手杖,在德·弗罗瓦封小姐家决不吸鼻烟,总是系着白领带来到,衬衣的大褶裥颈饰使他有火鸡一族的神态。他亲切地对美丽的女继承人说话,把她叫作"我们亲爱的欧仁妮"。

总之,除了来客比过去多,以韦斯特代替摸彩,少了葛朗台夫妇两张脸,厅堂的场面和这个故事的开头几乎一样。这群猎犬始终在追逐欧仁妮和她的千百万产业;但是猎犬数量更多,叫得更巧妙,而且齐心协力包围猎物。如果沙尔这时从印度内地回来,他会发现还是同样的人,追逐同样的利益。欧仁妮还是落落大方和善意地接待德·格拉散太太,而德·格拉散太太坚持和克吕绍一家捣乱。但和从前一样,欧仁妮的脸还是高耸于这个场面之上;像从前一样,沙尔仍然是至高无上的。不过有一点进步。从前在欧仁妮生日时,庭长送给她鲜花,现在变成天天送了。每天晚上,他给富有的女继承人捎来一大束艳丽的鲜花,柯努瓦耶太太不加掩饰地插进花瓶,客人一走,便悄悄地扔到院子的角落里。

开春时节,德·格拉散太太力图搅乱克吕绍一家的美梦。她对欧仁妮谈起德·弗罗瓦封侯爵,如果女继承人愿意和他缔结婚约,把地产还给他,他可以重振家业。德·格拉散太太把贵族爵位、侯爵夫人的头衔叫得震天价响,把欧仁妮轻蔑的微笑当作是默认,到处扬言说，克吕绍庭长先生的婚姻不像有些人想象的那样进展顺利。

"尽管德·弗罗瓦封先生已经五十岁，"她说，"他看上去不比克吕绍先生年老；他是鳏夫，有几个孩子，不错，但他是侯爵，会当贵族院议员，当下，能找得到这一类亲事吗？我知道，葛朗台老头当年把他所有的田产并入弗罗瓦封，就是处心积虑地要和弗罗瓦封一家联姻。他常常这样对我说。这老头，很狡猾。"

"怎么，娜侬，"欧仁妮有一晚睡下时说，"他七年内怎么会没给我写过一封信呢？……"

正当在索缪发生这些事的时候，沙尔在印度发了财。先是他的小玩意儿卖了好价钱，他迅速赚到六千美金。过赤道线时举行的欢宴，使他抛弃了许多成见；他发现，在热带地区和在欧洲一样，发财致富的最好办法是贩卖人口。因此他来到非洲海岸，贩卖黑奴，除此之外，还在利益驱动下去各种市场上贩卖赚钱丰厚的商品。他为做生意广泛活动，没有一刻空闲。他一心想发大财，风风光光地回到巴黎，重新获得比以前失去的更光彩的地位。

在人堆里鬼混久了，地方跑多了，见到截然相反的风俗，他的思想改变了，变成了怀疑论者。看到有些地方确定的罪行在另一个地方却是美德，他便对是非曲直没有固定的概念了。常年和利益接触，他的心变冷酷了，收缩了，干枯了。葛朗台家的血统丝毫没有改变它的发展方向：沙尔变得无情无义和贪得无厌。他贩卖中国人、黑人、燕窝、儿童和艺人①，放手大做高利贷。走私偷税成了习惯，使他对人权更肆无忌惮。他到圣托马斯岛②去廉价收购海盗抢劫来的商品，运到缺货的地方出售。

在初次出国的航途中，欧仁妮高贵和纯洁的形象，好似西班牙水手放在船上的圣母像一样陪伴着他，而且他把自己开头的几次成功

---

① 可能指歌手、被去势的歌童。
② 圣托马斯岛：位于安的列斯群岛，当时属丹麦所有。

归因于这个温柔的姑娘祝愿和祈祷的魔力;后来,黑种女人、黑白混血女人、爪哇女人、埃及舞女和大量各种肤色的女人,完全抹去了他对堂姐、索缪、旧屋、木凳、过道里的亲吻的回忆。他仅仅记得被破墙残壁围住的小花园,因为他的冒险生涯是从那儿开始的;他不承认自己的家庭:他的伯父是一条老狗,骗走了他的饰物;欧仁妮既不占据他的心,也不占据他的思想,她就像一笔六千法郎的债主在他的生意中占据一个位置。这种行为和这种想法就是沙尔·葛朗台杳无音信的缘由。在印度、圣托马斯岛、非洲海岸、里斯本和美国,这个投机分子为了不损害他的名字,用了卡尔·塞费尔德的假名。塞费尔德可以毫无危险地到处表现得不知疲倦、大胆、贪婪,坚决quibuscumqueviis①发财,想早点结束无耻生涯,余生做个正直的人。这套想法使他迅速大发横财。因此,1827年,他搭乘一家保王党贸易商号的华丽双桅帆船"玛丽-卡罗琳"号,回到波尔多。他有三桶箍得紧紧的金屑,价值一百九十万法郎,他打算在巴黎换成金币,赚上七八厘利润。同船有一位慈祥的老人,是国王查理十世②的内廷侍从,名叫德·奥布里翁先生;他当年一时糊涂,娶了一个注重时尚的女人,而他的产业在安的列斯群岛上。为了弥补德·奥布里翁太太挥霍造成的亏空,他要去变卖产业。德·奥布里翁一家是德·奥布里翁-德-比什家族的后裔,这个家族的最后一位都统,在1789年之前去世了;德·奥布里翁夫妇每年只有两万法郎的收入,女儿长得很丑,母亲想让她不用陪嫁就嫁出去,因为她的财产只够在巴黎生活。尽管社交界人士认为那些注重时尚的女人手段灵活,但要成功地把丑女儿嫁出去看来是相当棘手的。因此,德·奥布里翁太太望着女儿时几乎感到绝望,因为不论是谁,即使是醉心于贵族的人也对这个姑娘退避三舍。

---

① 不择手段地。
② 查理十世(1857—1838):法国国王,1824—1830年在位。他的政策日益走向反动,导致七月革命。

德·奥布里翁小姐身材细长,活像同音异义的昆虫①,瘦骨嶙峋,弱不禁风,嘴巴轻蔑地撇着,上面垂下一个过长的鼻子,鼻尖肥大,平时蜡黄,但饭后变得通红。这种像植物一样的变色现象,出现在一张苍白而神情厌倦的面孔中央,显得比常人更加令人不快。话说回来,一个三十八岁、风韵犹存、尚有点企求的母亲,倒也希望有这样一个女儿在身旁。但是,为了弥补这些缺陷,德·奥布里翁侯爵夫人把女儿调教得很有风度,让她养成良好的卫生习惯,使鼻子能暂时保持一种适度的肤色,还教她打扮入时的艺术,掌握优雅举止,教会她多愁善感的眼神,吸引男人,让他以为遇到了踏破铁鞋无觅处的天使;她向女儿展示举手投足的姿势,走路婀娜多姿,正当鼻子不识时务地变红时,便让人欣赏脚的小巧玲珑。总之,她把女儿调教成一个十分不错的待嫁姑娘。利用宽松的袖子、骗人的胸垫、仔细地填塞而鼓起来的长裙、束得很紧的胸衣,她获得了一些非常吸引人的女性打扮,真可以作为母亲的教育方法放进博物馆。沙尔和德·奥布里翁太太常来往,她正想和他结亲。有几个人甚至认为,在航船上,美丽的德·奥布里翁太太不放过任何方法去俘虏一个如此富有的女婿。1827年6月,在波尔多上岸时,德·奥布里翁夫妇、小姐和沙尔住在同一个旅馆里,并且一起前往巴黎。奥布里翁公馆已经抵押出去,沙尔不得不赎回来。母亲已经答应,她很乐意把底层让给女婿和女儿。她并不赞同德·奥布里翁先生的贵族偏见,已经答应沙尔·葛朗台从仁慈的查理十世那里获得一道旨意,恩准他葛朗台改姓德·奥布里翁,使用德·奥布里翁的家徽,只要沙尔赠送一个年收入三万六千法郎的采邑给奥布里翁,就可以继承比什统和德·奥布里翁侯爵的头衔。两家的财产加起来,和和美美过日子,再加上一些闲差事,德·奥布里翁公馆的年收入大概有十万法郎多一点。

她对沙尔说:"有了十万法郎的年收入,有了贵族姓氏和门第,

---

① "小姐"一词在法文中亦为蜻蜓的俗称。

我再给您弄到一个内廷侍从,您可以出入宫廷,您想做什么就能做什么。您可以做行政法院审查官、省长、大使馆秘书、大使,随您挑就是了。查理十世很喜欢德·奥布里翁,他们从小就认识。"

沙尔被这个女人挑起了野心。她的手段高明,像讲体己话一样把各种希望呈现在他面前,他在船上便生出了这些希望。他以为父亲的事已由伯父了结,自己可以一下子踏进人人都想进入的圣日耳曼区,在玛蒂尔德小姐贵族标记的保护下,他可以变成德·奥布里翁伯爵,就像德勒一家一变而为布雷泽①。他出国时复辟王朝摇摇欲坠,如今却是繁荣兴盛,看得他眼花缭乱,想到当贵族的荣耀,他的心揪紧了,在船上开始的迷醉一直持续到巴黎;他决心不顾一切,把一心为己的丈母娘让他依稀看到的高官显位弄到手。因此,他的堂姐在这光辉灿烂的前景中,对他只不过是一个小黑点。

他又见到了安奈特。作为上流社会的女人,安奈特极力怂恿她的旧情人缔结这门亲事,并且答应支持他所有野心勃勃的事业。安奈特很乐意沙尔娶一个又丑又令人讨厌的姑娘,因为他在印度待了几年之后,显得十分诱人:皮肤晒成黑黝黝的,举止变得果断而大胆,有如那些习惯于当机立断、控制局面、马到成功的人一样。沙尔在巴黎看到自己能够担当一个角色,呼吸也格外自由自在了。

德·格拉散获悉他已回来,结婚在即,又发了财,便前来拜访他,告诉他再有三十万法郎,就可以还清他父亲的债务。他见到沙尔正在和一个珠宝商交谈,此前沙尔已向珠宝商订下一批首饰,作为给德·奥布里翁小姐的聘礼,珠宝商在让他看图样。尽管沙尔从印度带回来一些光彩夺目的钻石,但是钻石的镶工、新婚夫妇所用的银器、像样的和不起眼的首饰,还要花费二十多万法郎。沙尔接待了德·格拉散。他已经不认得对方了,态度像时髦青年那样狂妄自大——他在印度的几次决斗中杀死过四个人。德·格拉散先生已经来过三次,沙

---

① 皮埃尔·德·德勒在1686年获得德·布雷泽侯爵的领地。

尔冷冷地听着；还没有听明白，便回答他：

"我父亲的债务不是我的事。先生，谢谢您这样乐意为我费心办事，可是我不会领情。我流血流汗也挣不到两百万，不是预备扔给我父亲的债主们的。"

"要是几天后有人宣告令尊破产，那怎么办呢？"

"先生，过几天我将成为德·奥布里翁伯爵。您明白，这件事与我完全无关。再说，您比我更清楚，一个年收入有十万法郎的人，他的父亲决不会破产。"他一面说，一面客客气气地把德·格拉散先生推到门口。

那年的八月初，欧仁妮坐在堂弟当年对她山盟海誓的那条小木凳上，天气好的时候，她常到这儿吃早饭。这一天早上，空气清新，阳光和煦，可怜的女人津津有味地回想她的爱情经历的大小事件，以及后来遇到的祸事。阳光照亮了到处开裂、几乎倒塌的那片别致的墙垣；尽管柯努瓦耶一再对妻子说，这堵墙早晚会塌下来压伤人的，但脾气古怪的女继承人就是不许人去碰它。这当儿，邮差来敲门，交给柯努瓦耶太太一封信，她来到花园时叫道：

"这是您在等的信吗？"

这句话在院子和花园的墙上引起了回声，也在欧仁妮的心上震响。

"巴黎！是他。他回来了。"

欧仁妮脸色发白，有一会儿手里拿着信一动不动。她的心跳得大厉害，以致无法拆开信阅读。大个子站在那儿，双手叉腰，欣喜之情似乎从她棕色的脸的沟槽里像烟一样逸出。

"看信吧，小姐……"

"啊！娜侬，他是从索缪动身的，怎么回到巴黎去了？"

"看信吧，您就会知道的。"

欧仁妮抖抖索索地拆开信。从信里掉出一张汇票，是向德·格拉散太太和柯雷合开的索缪银号取款的。娜侬捡了起来。

亲爱的堂姐……

"不再叫我欧仁妮了。"她想，心揪紧了。

您……

"他以前是用'你'称呼我的！"她交抱着手臂，再不敢看信，泪水盈眶。"他死了吗？"娜侬问。"那他就不会写信了。"欧仁妮说。

她看完了信，信是这样写的：

亲爱的堂姐，我相信，您得知我事业成功会很高兴的。您给了我好运，我回来时发财了，我听从了伯父的劝告，他和伯母的过世是德·格拉散先生刚刚告诉我的。父母故去是自然法则，我们应当继往开来。我希望您现在已然节哀。时间能战胜一切，我对此深有体会。是的，亲爱的堂姐，对我来说，不幸的是，幻想的时代已经过去。有什么办法呢！我到过很多地方，对人生做过思考。我动身时是孩子，回来时变成了大人。今天，我在思索许多过去没有想过的事。堂姐，您是自由的，我也还是自由的；表面上，什么也不能阻止我们的小计划实现，但是，我生性光明磊落，不会向您隐瞒我目前的处境。我并没有忘记我并不属于自己；在漫长的旅途中，我始终回忆起那条小木凳……

欧仁妮站了起来，仿佛身子底下是炽热的煤炭，她走过去坐在一级石阶上。

……那条小木凳，我们曾坐在上面发誓永远相爱；我回忆起过道、灰暗的厅堂、我的阁楼房间，还有那个夜晚，您无微不至的关切使我的未来更加顺心如意。是的，这些回忆支撑着我的勇气，我想，在我们约定的时间，您始终想念我，就像我时常想念您。您有没有在九点钟看天上的浮云呢？看了，是不是？因此，我不愿意背叛对我来说是神圣的友谊；不，我决不应该欺骗您。眼下有一门亲事，完全满足我对婚姻的观念。婚姻中的爱情是一种幻想。当下，我的经验告诉我，结婚必须服从一切社会法则，适应一切社会习俗。然而，我们之间已经存在年龄的差别，堂姐，这也许会对您的未来比对我的未来影响更大。且不说您的生活方式，您所受的教育，您的生活习惯和巴黎的生活格格不入，无疑决不符合我今后的计划。在我的计划中，家里要保持豪华的排场，接待很多宾客，而我记得您喜欢平淡安静的生活。不，我要说得更坦率些，我想让您对我的处境做出判断；您有权知道，也有权去判断。眼下我拥有八万法郎的年收入。这笔财产能让我和德·奥布里翁家联姻，这一家的女继承人，一个十九岁的少女，通过婚姻给我带来她的贵族姓氏、爵衔、内延侍从的官职和显赫风光的地位。亲爱的堂姐，不瞒您说，我根本不喜欢德·奥布里翁小姐；可是，和她结亲，我可以保证我的孩子们前程无可限量的社会地位：日渐一日，君主制观念又吃香了。因此，若干年以后，我的儿子变成德·奥布里翁侯爵，拥有年收入四万法郎的采邑，他想在国内当什么官都可以由他挑选。我们应当为我们的孩子着想啊。您看，堂姐，我是多么坦诚地把我的心里话、我的憧憬和我的财产状况都告诉您了。就您那方面来说，七年离别之后，您也有可能已经忘记我们的幼稚行为；而我呢，我既没有忘记您的宽容，也没有忘记我的诺言。我什么都记得，换了一个不像我那样认真，不像我那样保持年轻而诚实的心的年轻人，甚至会置诸脑后。告诉您，我只是想缔结门当户对的婚姻，但我还记得我们年少时的爱情，难道这不是把我完全交给了您，让您来主宰我的命运吗？难道这不是告诉您，如果要我放弃我的雄心壮志,那就是要我心甘情愿地满足于朴素纯洁的幸福,而您早先已经让我领略过这种幸福的动人情景了……

您忠诚的堂弟
沙尔

在签名时,沙尔按照Nonpiùandrai①的曲调哼着:"唐,嗒。嗒——唐,嗒,蒂——亭,嗒,嗒——嗵!——嗵,嗒,蒂——亭,嗒,嗒……"

"天杀的!这就叫耍一点手段。"他心想。他找出汇票,又添上这段话:

> 附上汇票一张,请向德·格拉散银号提取八千法郎,可用黄金支付,这是您慨然借给我的六千法郎的本金和利息②。我在等从波尔多运来的一只箱子,里面有几件东西,请允许我送给您,以表我不尽的感激。您可以通过驿站将我的梳妆盒寄到伊勒兰-贝尔坦街奥布里翁公馆。

"通过驿站!"欧仁妮说,"把我为它宁愿死千百次的东西寄走!"

真是骇人听闻、彻头彻尾的灾难。航船沉没了,在希望的大海上连一根绳子、一块木板也没有留下。有些女人眼看自己被抛弃,会从情敌怀里把情人夺回来,把情敌杀死,逃到天涯海角,或者上断头台,或者进坟墓。这无疑很美:犯罪动机出于悲壮的激情,而又只能绳之以法。另外一些女人低眉颔首,默默地忍气吞声;她们半死不

---

① 意为《你永远不会走》,此为莫扎特的歌剧《费加罗的婚礼》中阿勒玛维华的曲子。
② 利率为5%,和欧仁妮替他还债所给的利息一样。

活,逆来顺受,哭哭啼啼,宽容、祈求、相思,直到咽气。这是爱情,真正的爱情,天使的爱情,在痛苦中生、在痛苦中死的高傲的爱情。这是欧仁妮看了这封可怕的信以后的情感。她抬头望天,想起了母亲的遗言;像有些行将就木的人,母亲以洞达、明晰的目光投向未来。然后,欧仁妮想起母亲的死和先知般的一生,瞥一眼就衡量出自己的全部命运。她只有展开自己的翅膀,冲向天空,在祈祷中生活,直到解脱那一天。

"我母亲说得对,"她哭泣着说,"受苦和死亡。"

她缓慢地从花园走到厅堂。她一反习惯,不从过道经过,但她在这破旧的灰暗的厅堂里,从壁炉上那只天天早上吃早饭使用的碟子,还有塞夫勒的糖缸老瓷器上,又找到了回忆。那天上午对她来说应是庄严的,发生了多少大事啊。娜侬向她通报教区的本堂神父来了。这个本堂神父是克吕绍家的亲戚,关心德·蓬封庭长的利益。几天以来,老神父说服了他,要他从纯粹宗教的角度,和葛朗台小姐谈一谈她必须结婚的义务。欧仁妮看到神父,以为他是来收取她每月送给穷人的一千法郎,便叫娜侬去取钱;但是本堂神父微笑着说:

"小姐,今天我来跟您谈谈一个可怜的姑娘,索缪城所有的人都在关心她呢,她对自己没有爱德,不像基督徒那样生活。"

"天哪!本堂神父先生,当下我正自顾不暇,无法顾及他人。我非常不幸,除了教会,我没有其他藏身之地;教会胸怀宽阔,容纳得下我们所有的痛苦,而且它感情丰沛,我们可以取之不尽。"

"那么,小姐,我们关心这位小姐,也就是关心您。听我说,如果您想灵魂得救,您只有两条路可以走:要么出家,要么遵循世俗法则;要么服从尘世的命运,要么服从天国的命运。"

"啊!您恰好在我需要指引的时候来指引我。是的,天主指点了您,先生。我要告别尘世,在寂静和退隐中为天主而活着。"

"孩子,采取这样激烈的行动,需要深思熟虑。结婚是生,戴上修女的面纱是死。"

"那么,死吧,马上就死,本堂神父先生。"她带着可怕的激动说。

"死!但是您对社会要完成重大的义务呢,小姐。难道您不是那些穷人的母亲吗?您给他们冬天的衣服和木柴、夏天的工作。您巨额的财产是一笔要偿还的债务,您已经圣洁地接受下来。埋没在修道院里,未免太自私了。首先,您能独自管理您的巨大家产吗?您也许会失去它的。您不久会遇到千百件官司,您会困难重重,弄得焦头烂额。请相信您的神父:丈夫对您是有用的,您应当保存天主赋予您的东西。我就像对一个可爱的基督徒那样对您说话。您真诚地热爱天主,本应在尘世中求得永生,您是尘世最美的点缀之一,您要做出神圣的表率。"

这当儿,德·格拉散太太来访。她是出于报复和极度失望而来的。

"小姐,"她说,"啊!本堂神父先生也在。我不说了。我来是要对您谈事情的,我看出你们有要事商讨。"

"太太,"本堂神父说,"我让您先谈。"

"噢!本堂神父先生,"欧仁妮说,"请您待会儿再来吧,眼下我很需要您的支持。"

"是的,可怜的孩子。"德·格拉散太太说。

"您这是什么意思?"葛朗台小姐和本堂神父同时问道。

"难道您的堂弟回来了,要和德·奥布里翁小姐结婚,我不知道吗?……一个女人绝对不会两眼一抹黑。"

欧仁妮脸红了,闷声不响,但是她打定主意佯装若无其事,就像她父亲擅长的那样。

"哦,太太,"她带着讽刺的语气回答,"我无疑是两眼一抹黑了,我不明白。说吧,当着本堂神父的面说吧。您知道他是我的忏悔师。"

"好吧,小姐,这是德·格拉散先生写给我的信。看吧。"

欧仁妮看了下面这封信。

亲爱的妻子，沙尔·葛朗台从印度回来了，到达巴黎已经一个月……

"一个月！"欧仁妮心想，手垂落下来。过了一会儿，她重又看信。

……我白跑了两次，才见到了这位未来的德·奥布里翁伯爵。尽管全巴黎都在谈论他的婚姻，婚礼预告也贴了出来……

"那么，他给我写信时……"欧仁妮心想。她没有想下去，她不像巴黎女人那样叫起来："这个无赖！"但即使没有表现出来，她心里依然是嗤之以鼻的。

……这门婚姻离办成还远着呢；德·奥布里翁侯爵不会把女儿嫁给一个破产商人的儿子。我特意去告诉他，他的伯父和我，我们费尽心机料理他父亲的事务，又如何巧妙地斡旋，稳住那些债主，直到今天。这个狂妄的小子居然恬不知耻地回答我，他父亲的债务不是他的事；我日夜为他的利益和他的荣誉操劳了五年；一个诉讼代理人有权向他索取三四万法郎的酬金，占债务总数的十分之一。可是，等着瞧吧，他的确还欠债权人一百二十万法郎，我要宣告他父亲破产。我当初卷入这件事，是相信了葛朗台老鳄鱼的话，我是以他全家的名义许下诺言的。如果德·奥布里翁子爵先生不在乎他的名誉，我却很看重自己的名誉。因此，我要向债权人解释自己的立场。然而，我对葛朗台小姐极其尊重，在当初我们境况更好的时候，也曾有过向她提亲的想法，所以，在我采取行动之前，你要向她谈谈这件事……

看到这里，欧仁妮不再看完，将信冷冷地还给了德·格拉散太

太,对她说:

"谢谢您,我们再说吧……"

"这会儿您有着已故令尊的声音。"德·格拉散太太说。

"太太,您还要付给我们八千法郎[①]的金子呢。"娜侬对她说。

"不错,劳驾跟我跑一趟,柯努瓦耶太太。"

"本堂神父先生,"欧仁妮主意已定,镇定自若地说,"结婚后保持童身算不算罪过?"

"这是一个两难问题,我不知道如何解决。如果您想知道著名的桑切斯[②]在《婚姻概论》中的论述,明天我可以告诉您。"

本堂神父走了,葛朗台小姐上楼到她父亲的密室去,独自在那里过了一整天,尽管娜侬一再催她,她还是不肯下来吃晚饭。晚上她的常客登门时,她才出现。葛朗台家的厅堂从来不像这天晚上有那么多的客人。沙尔回国和他愚蠢负心的消息,已经传遍全城。可是,不管客人的好奇心多么强烈,却得不到一点满足。欧仁妮早有准备,平静的脸上丝毫没有流露出在内心激荡的切肤之痛。她懂得如何摆出一副笑脸,去应付那些想通过哀怨的目光或者话语向她表示关切的人。她也善于将自己的不幸掩盖在彬彬有礼的面纱下。将近九点,牌局结束了,打牌的人离开了桌子,算清赌账,一面议论最后几局韦斯特牌,一面加入到闲聊的圈子中。正当大家起身准备告辞时,发生了戏剧性的场面,这个场面轰动了索缪,继而又轰动了全区和附近四个省。

"庭长,请慢走一步。"欧仁妮看到德·蓬封先生拿起他的手杖时说道。

听到这句话,在场众多的客人没有一个不激动起来。庭长脸色发白,不得不坐下。

[①] 原文为八十万(huitmillecent)法郎。多了一个cent,相差一百倍,可能是作者笔误。

[②] 桑切斯(1550—1610):西班牙耶稣会教士,以《忏悔师教科书》闻名。

"千百万要归庭长所有了。"德·格里博库小姐说。

"显然,德·蓬封庭长要娶上葛朗台小姐了。"德·奥松瓦尔太太大声说。

"这是最妙的一着。"神父说。

"赢了个schleem①。"公证人说。

各人都说俏皮话和双关语,大家看到女继承人高踞于她的千百万家产之上,仿佛站在台座上。九年前开场的这幕戏要收场了。面对索缪全城人,向庭长说出叫他留下,难道不是宣布,她想让他成为她的丈夫吗?在小城市中,礼仪受到严格的遵守,像这类违反常规的做法,构成了最庄严的许诺。

"庭长先生,"客人都走了以后,欧仁妮用激动的声音对他说,"我知道您喜欢我的是什么。您要发誓,只要我活着,您要让我自由,不向我提起婚姻给予您对我的任何权利,那么我就嫁给您。噢!"看到他跪了下来,她又说,"我还没有说完。我不应该欺骗您,先生。我心中有一种挥之不去的感情。我能够给予丈夫的唯一感情只是友谊:我既不想伤害他,也不想违背我心中的律令。但是,您要为我办一件大事,才能得到我的婚姻和财产。"

"您看到了,我赴汤蹈火,在所不辞。"庭长说。

"这儿是一百五十万法郎,庭长先生。"她说,一面从怀里掏出一张法兰西银行一百股的票据,"您到巴黎去,不是明天,不是今晚,而是立马就去。您去见德·格拉散先生,了解我叔父所有债权人的名字,把他们召集起来,将我叔父所欠的债以及从欠债之日起到还款日为止的全部利息,按五厘利息计算,全部付清,最后让他们开一张总收据,经过公证,符合手续。您是法官,我就托付您办这件事。您是一个正直的人,一个高尚的人;我要凭借您的誓言,在您的姓氏的庇护下,度过人生的坎坷。我们以后要互相宽容。我们相识多年,

---

① 来自英语"slam"(满贯)。

几乎是一家人,您不会愿意让我受苦吧?"

庭长扑倒在富有的女继承人的脚步下,又快乐又不安地哆嗦着。

"我愿做您的奴隶!"他对她说。

"先生,您拿到收据以后,"她对他投以冷冷的一瞥,又说,"请把收据和全部契据交给我的堂弟葛朗台,并将这封信交给他。等您回来,我就履行我的诺言。"

庭长明白,葛朗台小姐是出于失恋的怨恨才嫁给他的。因此,他急匆匆地以最快的速度执行她的吩咐,生怕两个情人言归于好。

等到德·蓬封先生动身以后,欧仁妮跌坐在扶手椅里,涕泣如雨。一切都已了结。庭长坐上驿车,第二天晚上来到巴黎。次日上午,他去找德·格拉散。法官在存放契据的公证人事务所召集债权人,人人都到齐了。尽管他们是债权人,也该为他们说句公道话:他们准时来到。德·蓬封庭长以葛朗台小姐的名义,将所欠的本金和利息一并支付给他们。支付利息这件事在巴黎商界轰动一时。

庭长拿到收据以后,又按照欧仁妮的吩咐,送了五万法郎给德·格拉散,作为对他办事的酬谢。庭长来到德·奥布里翁公馆,找到沙尔;恰好沙尔被岳父数落一顿,回到自己房间。老侯爵刚刚向他表示,只有在纪尧姆·葛朗台的所有债权人都得到还款的情况下,他的女儿才能属于他。

庭长先交给他下面这封信。

堂弟大鉴,叔父的欠款已悉数还清,现委托德·蓬封庭长先生将收据送上,另附一张收据,证明我代垫之款已由您归还。有人向我谈起破产的传闻!……我想,一个破产商人之子,也许不能娶上德·奥布里翁小姐。是的。堂弟,您对我的才智和举止的评价确有见地:我无疑缺乏上流社会的品行,也不了解其中的盘算和风尚,不会给您期望在其中得到的乐趣。您为了社会习俗,牺牲了我们的初恋,那就祝您幸福。为了成全您的幸福,我只能将您父亲的名誉赠送给您。别了,堂姐永远是您忠实的朋友。

欧仁妮

这个野心勃勃的人拿到真实的文件时,禁不住发出惊叹声,庭长对此微微一笑,对他说:

"我们要互相宣布结婚喜讯了。"

"啊!您要娶欧仁妮。好啊,我很高兴,这是一个好姑娘。但是,"他心里突然一闪亮,"那么,她很有钱喽?"

"四天以前,"庭长带着揶揄的神态回答,"她有将近一千九百万,但今天她只有一千七百多万。"

沙尔瞠目结舌地望着庭长。

"一千……七百……"

"一千七百万,是的,先生。葛朗台小姐和我,结婚后,我们的年收入有七十五万法郎。"

"亲爱的姐夫,"沙尔恢复了一点自信,说道,"我们可以互相提携。"

"好啊,"庭长说,"这儿还有一个小盒子,我也应该当面交给您。"他又说,将梳妆盒放在桌上。

德·奥布里翁侯爵夫人走了进来。她没有注意到克吕绍,说:

"喂,亲爱的朋友,可别在意这个可怜的德·奥布里翁先生刚才对您所说的话,德·肖利厄公爵夫人把他弄昏了头。我对您再说一遍,您的婚事决无问题。"

"决无问题,夫人,"沙尔回答,"我父亲所欠的三百万昨天已经还清了。"

"用现金吗?"她说。

"连本带利,全部还清,我要为先父恢复名誉。"

"多傻啊！"岳母叫道。看到克吕绍，她在女婿的耳边问："这位先生是谁？"

"我的经纪人。"他低声回答她。

侯爵夫人轻蔑地向德·蓬封先生点了点头，走了出去。

"我们已经互相提携了。"庭长拿起他帽子说，"再见，堂内弟。"

"他在嘲笑我，这只索缪的臭八哥。我真想一剑戳进他的肚子六寸深。"

庭长走了。三天后，德·蓬封先生回到索缪，公布了他和欧仁妮的婚事。六个月后，他被任命为昂热地方法院的推事。在离开索缪之前，欧仁妮叫人把她多年珍藏的金饰，加上堂弟还给她的八千法郎黄金，熔铸成一只纯金的圣体盒，赠送给本区教堂，她在那里曾经为他向天主祈求过多少次啊！

她在昂热和索缪轮流居住。她的丈夫在一次政局变动中出了力，被提升为昂热法院的庭长，几年之后终于提升为院长。他急不可待地等待大选，进入议院。他已经觊觎贵族院的席位了，到那时……

"到那时，他和王上就可以称兄道弟了。"娜侬说。这个大个子娜侬，柯努瓦耶太太，索缪的有产者，听到她的女主人说到那些显赫的头衔时，不禁说了这么一句。

然而，德·蓬封院长先生（他终于用产业的名字代替了克吕绍这个本家的姓）野心勃勃的想法一个也未能实现。他被任命为索缪议员一星期后便去世了。天主明察秋毫，从不打错目标，这无疑是对他的算计和玩弄司法的伎俩的惩罚。由于克吕绍的安排，他把婚约订得十分细致，未来夫妇互赠遗产："倘若将来并无子女，则夫妇双方之财产，包括动产与不动产，概无例外，亦无保留，全部遗赠对方，甚或免除遗产登记手续，以免遗漏登记会造成继承人之损失，或鉴于遗赠之举已确认……"这项条款可以解释为院长始终尊重德·蓬封太太的意愿和独居。女人们援引院长先生是温柔体贴的男人，同情他，甚至常常指责欧仁妮的隐痛与痴情，她们在指责一个女人时是多么刻毒而婉转啊。

"德·蓬封院长太太一准是身体不适，才让丈夫独居的。可怜的小女人！她会很快好起来吗？她怎么啦，得了胃炎吗？得了癌症吗？她为什么不看医生呢？近来她脸色蜡黄；她应该去看看巴黎的名医。据说她非常爱她的丈夫，以他的地位，怎么不给他留一个继承人呢？您知道这是很可怕的；如果是出于任性，那真是罪过。可怜的院长！"

欧仁妮由于幽居独处，长期默想，感觉非常灵敏，对周围发生的事看得很清楚，加之不幸和最后的教训，她惯于猜测一切，知道院长希望她早死，以便占有这笔巨大的财产；再加上天主突发奇想，把他的公证人和神父叔伯都召回天国了，又增加了财产。隐居的欧仁妮很可怜院长。上天为她报仇，惩罚了他的居心叵测和冷酷无情。这个丈夫表面上尊重无望的爱情，其实他认为不与妻子同居是最可靠的保证。生下孩子，院长自私的愿望和野心的窃喜不就泡汤了吗？

天主把成堆的黄金扔给了这个被钱财缚住的女囚徒，而她对黄金毫不在乎，只向往天国，虔诚而仁慈地生活在圣洁的思想中，不断暗中接济穷人。德·蓬封太太三十三岁时成了寡妇，年收入八十万法郎，风韵犹存，但那是一个接近四十岁女人的美。她面容白皙，恬静而安详。她的声音柔和而沉稳，她的举止朴实。她有痛苦的崇高壮美，有灵魂未被尘世玷污过的人的圣洁，但也有老处女的僵硬刻板和外省生活的狭隘造成的平庸习惯。尽管有八十万法郎的年收入，她仍然像可怜的欧仁妮·葛朗台当年那样生活，她的卧室只到她父亲允许在厅堂壁炉生火的日子才生火，熄火也严格按照她年轻时的规矩。她的衣着总是和母亲当年那样。索缪的那幢老房子，没有阳光，没有暖意，总是阴森森的，令人愁惨，却是她一生的剪影。她细心地把收入积累起来，要不是她经常做善事，驳斥了恶言中伤，也许她就显得小家子气了。她创立了宗教和慈善的机构、一所养老院、几所教会小学、一个藏书丰富的公共图书馆，这一切每年都向某些人指责她吝啬做出反证。索缪的几座教堂靠她得到了修缮。虽然有人挖苦地称她为小姐，德·蓬封太太还是普遍受到深深的敬重。这颗高贵的心只为温柔善良的感情而跳动，却也只得服从人间利益的计算。金钱不免把它冷冰冰的色彩沾染给这卓绝的生命，使这个感情丰富的女人也不敢相信感情了。

"只有你爱我。"她对娜侬说。

这个女人的手包扎了多少家庭私下里的伤口。欧仁妮带着一系列善行义举迈向天国。心灵的伟大减轻了她受教育的欠缺和早年的生活陋习。这个女人的故事就是这样，她在尘世等于出家，她生来本是个贤妻良母，却没有丈夫、没有孩子、没有家庭。

曾几何时，又提到她谈婚论嫁的事。索缪人关注着她和德·弗罗瓦封侯爵，这一家人又像当年克吕绍一家所做的那样，开始包围有钱的寡妇。据说，娜侬和柯努瓦耶站在侯爵一边，这真是荒谬绝伦。无论大个子娜侬，还是柯努瓦耶，脑袋瓜都转不过来，理解不了人心的败坏。

1833年9月于巴黎

经典新读
中央编译名著精选

书　名	作　者	译　者
海底两万里	［法］儒勒·凡尔纳	陈筱卿
钢铁是怎样炼成的	［苏联］奥斯特洛夫斯基	吴兴勇
昆虫记	［法］法布尔	陈筱卿
猎人笔记	［俄］屠格涅夫	力　冈
简·爱	［英］夏洛蒂·勃朗特	宋兆霖
童年	［苏联］高尔基	郭家申
名人传	［法］罗曼·罗兰	陈筱卿
绿山墙的安妮	［加］蒙哥马利	姚锦镕
鲁滨孙漂流记	［英］丹尼尔·笛福	唐荫荪
格列佛游记	［英］斯威夫特	白　马
汤姆·索亚历险记	［美］马克·吐温	姚锦镕
老人与海	［美］海明威	张炽恒
假如给我三天光明	［美］海伦·凯勒	陈　才
傲慢与偏见	［英］简·奥斯丁	罗良功
飘（上下）	［美］玛格丽特·米切尔	黄健人
月亮和六便士	［英］毛姆	王晋华
瓦尔登湖	［美］梭罗	王光林
小王子	［法］圣埃克苏佩里	柳鸣九
爱的教育	［意］亚米契斯	夏丏尊
泰戈尔诗选	［印度］泰戈尔	冰心　吴岩
欧仁妮·葛朗台	［法］巴尔扎克	郑克鲁
培根随笔集	［英］弗兰西斯·培根	蒲　隆
了不起的盖茨比	［美］菲茨杰拉德	王晋华
居里夫人自传	［法］玛丽·居里	陈筱卿
伊索寓言	［古希腊］伊索	杨海英
人类的故事	［美］房龙	白　马
少年维特的烦恼	［德］歌德	杨武能
高老头	［法］巴尔扎克	许渊冲
《套中人》契诃夫短篇小说选	［俄］契诃夫	李辉凡
《羊脂球》莫泊桑短篇小说选	［法］莫泊桑	柳鸣九
《最后一片叶子》欧·亨利短篇小说选	［美］欧·亨利	张经浩
神秘岛	［法］儒勒·凡尔纳	陈筱卿
红与黑	［法］斯当达	罗新璋
雾都孤儿	［英］查尔斯·狄更斯	黄水乞
大卫·科波菲尔（上下）	［英］查尔斯·狄更斯	董秋斯
莎士比亚喜剧集	［英］莎士比亚	朱生豪
莎士比亚悲剧集	［英］莎士比亚	朱生豪
巴黎圣母院	［法］维克多·雨果	李玉民

书 名	作 者	译 者	
悲惨世界（上中下）	[法]维克多·雨果	李玉民	
福尔摩斯探案全集（上中下）	[英]柯南·道尔	姚锦镕	涂小榕
约翰·克里斯托夫（上中下）	[法]罗曼·罗兰	许渊冲	
基督山伯爵（上中下）	[法]大仲马	李玉民	陈筱卿
列那狐的故事	法国动物故事	罗新璋	
青　鸟	[比]莫里斯·梅特林克	郑克鲁	
小鹿斑比	[奥地利]费利克斯·萨尔登	杨曦红	
快乐王子	[英]王尔德	蔡荣寿	
绿野仙踪	[美]莱曼·弗兰克·鲍姆	张炽恒	
吹牛大王历险记	[德]拉斯伯	邵灵侠	
柳林风声	[英]格雷厄姆	杨静远	
尼尔斯骑鹅旅行记	[瑞典]塞尔玛·拉格洛芙	石琴娥	
木偶奇遇记	[意]科洛迪	刘月樵	
小飞侠彼得·潘	[英]詹姆斯·巴里	杨静远	
水孩子	[英]查尔斯·金斯利	张炽恒	
一千零一夜	阿拉伯民间故事集	郅溥浩	
安徒生童话	[丹麦]安徒生	叶君健	
爱丽丝漫游奇境	[英]刘易斯·卡罗尔	黄健人	
格林童话	[德]格林兄弟	杨武能	
森林报	[苏联]维·比安基	沈念驹	姚锦镕
苦儿流浪记	[法]埃克多·马洛	唐珍	
秘密花园	[美]F.H.伯内特	李文俊	
海蒂	[瑞士]约翰娜·斯比丽	邵灵侠	
安妮日记	[德]安妮·弗兰克	朱碧恒	高小斐
王子与贫儿	[美]马克·吐温	张友松	
希腊神话	[德]施瓦布	高中甫	
格兰特船长的儿女	[法]儒勒·凡尔纳	陈筱卿	
八十天环游地球	[法]儒勒·凡尔纳	陈筱卿	
母　亲	[苏联]高尔基	吴兴勇	
《野性的呼唤》杰克·伦敦小说精选	[美]杰克·伦敦	石雅芳	雨宁
《百万英镑》马克·吐温中短篇小说选	[美]马克·吐温	张友松等	
包法利夫人	[法]福楼拜	许渊冲	
茶花女	[法]小仲马	李玉民	
呼啸山庄	[英]艾米莉·勃朗特	宋兆霖	
双城记	[英]查尔斯·狄更斯	宋兆霖	
复活	[俄]列夫·托尔斯泰	李辉凡	
汤姆叔叔的小屋	[美]斯托夫人	李自修	
罪与罚	[俄]陀思妥耶夫斯基	朱宪生	曾思艺
三个火枪手	[法]大仲马	李玉民	
安娜·卡列尼娜（上下）	[俄]列夫·托尔斯泰	力冈	
堂吉诃德（上下）	[西班牙]塞万提斯	刘京胜	
战争与和平（上中下）	[俄]列夫·托尔斯泰	董秋斯